À l'origine

L'auteur

Ancienne élève de l'ENS Fontenay-Saint-Cloud, agrégée de Lettres modernes et docteur en littérature française, **Cécile Cerf** s'intéresse aux destinées des femmes, en particulier des danseuses, au XIXe siècle.

La collection *Romans* est dirigée par **Philippe Lemarchand**.

Édition : Diane Philips.

Image de couverture : *Trompe l'oeil: Dos d'un tableau*,
Cornelis Nobertus Gysbrechts, vers 1668-1672, huile sur toile, détail.

Cet ouvrage a été composé en Sabon 11,
imprimé sur du papier bouffant blanc avec bois
et entièrement réalisé en France.

ISBN : : 978-2-38350-013-1

Cécile Cerf

À l'origine

La femme derrière le tableau

Atlande

Note de l'auteur

Des expressions marquées par un astérisque, p. 13, 27, 30, 31, 33, 41, 64, 67, 100, 101, 121, 164 et 177, ont été empruntées aux ouvrages suivants : Maxime Du Camp, *Paris, ses organes, ses fonctions et sa vie* ; *Les Convulsions de Paris* ; Alexandre Dumas fils, *Correspondance* ; Théophile Gautier, *Lettres à la Présidente* ; *Le Moniteur*, chronique du 18 août 1863 ; *La Presse*, compte rendu du Salon, 11 mai 1852 ; Jules et Edmond de Goncourt, *Journal*.

“Pour peindre un pays, il faut le connaître. Moi je connais mon pays, je le peins.”

Gustave Courbet

PREMIÈRE PARTIE

OÙ IL EST QUESTION DE LA COMMUNE, DE LA FIN D'UN MONDE, OU PLUTÔT D'UN CERTAIN DEMI-MONDE

I
Où Maxime Du Camp, invité par Khalil-Bey, découvre *L'Origine du monde*

Mon hôte ne me fera pas les honneurs de son salon; il a choisi de me distinguer, et c'est dans son cabinet de toilette qu'il m'entraîne. Il soulève, d'un geste théâtral, un rideau vert. Je suis un habitué des théâtres et de leurs rideaux rouges, qui s'ouvrent plutôt sur des antichambres tragiques ou de bons intérieurs bourgeois. On pénètre à l'intérieur d'une maison, on assiste à des drames, et on ressort content, oubliant presque aussitôt les malheurs énormes de ces héros grecs, perses ou séleucides.

Mais ce soir, le rideau vert s'ouvre sur un intérieur, je devrais dire une intériorité, qui me méduse et se grave dans ma rétine, à jamais. J'ai devant mes yeux le portrait d'une femme sans visage, de grandeur naturelle, émue et convulsée, reproduite *con amore**. Le peintre semble avoir oublié de lui donner des jambes et des pieds, des bras et des mains, un cou et une tête. Il s'agit donc d'un portrait, mais d'un genre bien particulier puisque de cette dame, déshabillée, on ne voit que le *comment-a-nom*. Il ne s'agit pas d'un nu mais d'un morceau de corps. J'ai, face à moi, un entrejambe, et c'est moi qui me sens nu; je regarde, et je suis regardé par mon hôte; cette femme n'a pas de tête, et j'ai perdu ma langue.

Je suis médusé, stupéfié et horrifié par ce dévoilement, comme je le serais en découvrant un cadavre, une scène de mort. Je vois une scène interdite et je suis interdit. Comme je ne puis parler, mon hôte me fait l'article: ce portrait de dame est dû au pinceau de Courbet, à qui il avait déjà commandé une autre toile, *Le Sommeil*; et le nom de ce *comment-a-nom* est *L'Origine du monde*. Curieux nom pour ce tableau où tout me semble innommable. Le cadrage, qui guillotine cette femme, la prive de ses quatre membres et la réduit à un tronc et un bas-ventre, un sein, deux morceaux de cuisse; les couleurs, qui obligent mon œil à descendre, quitter le centre du tableau pour cet autre centre; le pinceau naturaliste, qui rend avec le réalisme le plus cru la nature de cette femme. Courbet et mon hôte m'obligent à voir ce que j'ai déjà vu, et cela me dérange. Mais ils m'obligent à voir autrement – à voir en face la femme telle qu'elle est, la nature telle qu'elle est, débarrassée de tous ses voiles érotiques ou mythologiques, sans idéal, sans amour, mais génitale, reproductrice. Elle est pire que nue: elle est vraie. Mais qui veut voir cela, qui veut voir que la femme n'est que cela et est tout cela? *L'Origine du monde*. Quel titre mal choisi: je vois là la mort de l'art, de la décence, du bon goût et même de l'amour. Ce nu n'inspire aucun désir, il rebute et dégoûte. Satisfait, mon hôte referme le rideau.

Cet hôte, je peux aujourd'hui donner son nom: ruiné, il a quitté Paris, il a vendu ses biens et sa collection d'art s'est éparpillée aux quatre vents. Khalil-Bey, ambassadeur de la Sublime Porte, Ottoman lettré, amateur de chevaux, de jeu, polyglotte, négociateur habile, avait pourtant acheté *Le Bain turc* d'Ingres, et l'exposait aux yeux de tous, dans son salon, vers 1866 ou 1867. Une trentaine de femmes, de toutes couleurs, dans toutes les postures, toutes sensuelles, soumises, une trentaine de visages – une incitation au plaisir, et pas un poil, pas un sexe, tout au plus un point aveugle, invisible, où il n'y avait rien à voir. Rien à voir : c'est pour cela qu'il exposait ce tableau-là, et cachait *L'Origine du monde*, où la nature secrète du monde est exhibée. À l'en croire, *Le Bain turc* n'avait rien de turc, il était une fantaisie française et c'est à ce titre qu'il l'avait acquis. *L'Origine du monde*, elle, était anonyme et universelle. Deux ans plus tard, il quittait Paris ; nul ne savait ce qu'était devenue *L'Origine du monde*, tableau que seuls ses amis ou ses invités mâles avaient pu voir un bref instant, s'il l'avait emportée avec lui dans son Orient natal, s'il l'avait vendue, ou détruite, pour que nul n'en ait plus la jouissance.

Ce tableau, cette conversation sont restés dans ma mémoire. Depuis le salon du Réalisme, le salon des Refusés, je hais Courbet. Il y a plus de dix ans déjà, chassé de partout, pas assez loué, il se disait incompris du salon officiel ; le génie du Jura, vexé, avait fait construire une grande cabane en bois, grande presque comme un hall de gare, venteuse, où il exposait ses chefs-d'œuvre. Il avait fait peindre son nom en énormes lettres noires à l'extérieur, pour attirer le chaland. Il voulait peindre le peuple, mais ne montrait que des canailles ; il prétendait montrer la femme, et gribouillait des filles en congé, avachies sur l'herbe, l'œil à l'affût du client. Ses animaux, seuls, cerfs forcés, chiens à la langue pendante, bœufs lourds, ressemblaient à ce qu'ils sont. *Vive le laid, à bas le beau !* Voilà ce qu'il aurait dû faire écrire en lettres de fer-blanc, à l'enseigne de L'Art réaliste, au-dessus de la porte de son Pavillon. Il y recueillait ses amis, d'autres Réalistes, refusés eux aussi par les salons officiels – car c'est le nom que cette clique s'était donné. Courbet était bien leur chef, car il est le peintre de la matière, excellent dans l'exécution mais sans âme, sans imagination. Sa main est habile, elle saurait, s'il le voulait, reproduire ce qui est. Mais il n'a pas d'âme. Courbet est réaliste par défaut, parce qu'il est incapable de créer, d'inventer, plus encore d'imaginer un idéal. Alors il laisse les choses comme elles sont, ses bœufs broutent, ses *Glaneuses* glanent, ses *Baigneuses* se baignent, ses *Dormeuses* dorment, elles ronflent, même. Il les représente exactement, sans choisir. Courbet est un impuissant. Il est réaliste parce qu'il échoue à créer de la beauté, à la mettre là où elle n'est pas. Lassé parfois des critiques, il transforme son modèle : il l'enlaidit. Il croit ainsi renouveler l'art, être un homme d'aujourd'hui.

En m'exhibant cette *Origine du monde*, Khalil-Bey m'avait conforté dans mon jugement : Courbet était un peintre infâme, il avait prostitué son pinceau en montrant sans fard et sans art cette nature convulsée.

II
Où le lecteur découvre que Paris est un corps dont Du Camp est l'anatomiste

Je n'aurais pas dû me laisser surprendre par cette anatomie exposée. La médecine est une science à la mode. Et depuis des années j'accumule tout ce que je puis pour ce qui sera ma grande somme, *Paris, ses organes, ses fonctions et sa vie*. Paris est un corps ; il a une tête, l'université ; un cœur, Notre-Dame ; des bras, les ouvriers ; un estomac, les Halles ; des jambes, l'Opéra ; et un sexe, la Salpêtrière.

Paris est un corps. Corps laborieux qui travaille, porte, soulève, nettoie, fabrique, corps joyeux qui danse, et souvent, corps malade, dont je suis le médecin. Il délire, tousse, tremble, transpire, copule, dort, accouche. Je descends dans les égouts, je m'aventure dans les barrières, j'explore les bas-fonds, les cabarets de l'autre côté des fortifications, les greniers où finissent les danseuses syphilitiques. J'ai vu l'Orient, j'ai vu ses pyramides, ses villes sans plan, ses ports accablés de nostalgie ; mais rien ne m'intrigue comme Paris. Là est le mystère, là sont les légendes, les détours, les aventures, les révolutions, les enchantements.

Là se cachent mille histoires vraies que je collecte et dont d'autres feront peut-être des romans. Ce sont ces organes qui m'intéressent, parce qu'ils sont cachés, parce qu'ils dégoûtent les autres, et parce que de leur santé, dépend la santé de tout le corps. Alors, je me fais anatomiste, je dissèque Paris et je révèle aux curieux et aux provinciaux le fonctionnement de ces organes-là dont ils ignorent tout : prisons, pensions, ministères, hôpitaux, lavoirs, cabarets, casernes. Je n'aurais pas la prétention d'être le médecin de Paris ; je ne soigne rien et d'ailleurs Paris est incurable, hystérique, alcoolique, ravagé et plein de santé et de force aussi. Je ne suis qu'un humble et consciencieux anatomiste.

Au théâtre je m'intéresse à la billetterie, aux machines, aux décorateurs, aux entrepôts où l'on stocke les décors, aux coulisses et aux derniers balcons car c'est là que se fabriquent le spectacle et l'opinion. Je connais tous les règlements, y compris celui qui interdit de conserver les vieux décors trop longtemps, pour éviter les incendies. Je suis descendu dans les sous-sols de la machine à rêve, où l'on trouve toujours un lac. Le lac de l'Opéra de Paris fait rêver les naïfs : chaque théâtre a le sien, et ce n'est pas un lac des cygnes où navigue un fantôme amoureux, c'est un réservoir où les pompiers peuvent puiser de l'eau. Nulle fée ne s'y promène jamais, plutôt des rats d'égout. Les actrices ne sont belles que de loin, vues de la salle. Quiconque pénètre en coulisses est pris de pitié, ou de dégoût, en voyant ces ouvrières du rêve. Je me moque souvent des artistes, de leur jeu outré, de leurs caprices, de leurs petites superstitions, des misères cachées sous la grandiloquence et la prétention, mais je ne me moque jamais des danseuses. Je les ai trop observées ; j'ai vu leur misère, leurs corps maigres, la saleté de leurs loges, j'ai entendu leurs petites conversations, leurs confidences et leurs disputes, leurs secrets. Je voudrais rire, me moquer de leurs mines, mais j'ai pitié d'elles. Elles se présentent en coulisses, le visage couvert de crème blanche et les joues vermillonnées, les yeux exagérément noircis et grandis, charbonneux ; elles sont là, apprêtées, parées comme des reines, ou plutôt des esclaves, sous l'œil du maître de ballet qui inspecte leur tenue, mais je vois d'un coup d'œil la poudre et le strass ; avant d'entrer sur scène, elles ont recours à une autre poudre magique, sans laquelle elles glisseraient, tomberaient, la colophane ; elles en enduisent les semelles de leurs chaussons. Puis elles commencent à sourire dans le vide, loin des spectateurs. Elles font leur entrée, la tête haute, les bras tendus ; elles enchaînent les sauts, les tours, les pirouettes, battements et cabrioles, toujours en souriant, alors qu'elles peinent et souffrent ; elles ne reprennent leur respiration qu'en sortant de scène, en sueur, le chignon défait, le maquillage coulant dans leur cou, soufflant comme des bûcherons. Les chevaux de trait, eux, ne sont pas obligés de sourire pour faire plaisir aux membres du Jockey Club. Dans la coulisse, leur mal ne prend pas fin : elles guettent avec avidité les applaudissements, qu'elles conquerront avec plus de facilité, quel que soit leur talent, si elles ont dans leur poche un abonné ; car qui dit applaudissements dit promotion, distribution, et espèces sonnantes et trébuchantes – les espèces seules, dans ce lieu, ont le droit de trébucher. Elles regagnent leur loge glaciale, un lieu souvent malpropre, qu'elles se partagent à cinq ou six. Toutes souffrent, presque toutes sont pauvres, beaucoup sont malades. La loge des *lions*, ces dandys du Jockey Club qui font une danseuse et défont un directeur de la danse, qui huent un danseur ou lancent une comédienne, convainquent la salle qu'elle a du génie, ne m'attire pas. Ces messieurs sont effectivement des fauves en chasse ; et ce sont moins les femmes que les anecdotes que je piste. Je préfère rester en coulisses, hanter les loges et heurter leurs cuvettes, voir les coiffeurs et les habilleuses à l'œuvre ; je laisse traîner mes yeux et mes oreilles, et je reviens, ma besace remplie de destins résumés en trois lignes : "Elle naquit à Ménilmontant, elle grandit à Paris, elle dansa, elle quitta la scène assez riche ; elle naquit à Joinville, elle vendit des bouquets, elle dansa et fut applaudie, elle retourna pauvre repriser des bas à Joinville." La danseuse est une travailleuse de force, une ouvrière qui produit du rêve comme la blanchisseuse produit du linge propre. Entre deux entrées, la danseuse s'ennuie, s'échauffe, ajuste ses bretelles, refait son chignon, s'assure que les rubans de ses chaussons tiendront.

J'aime aller là où les hommes comme moi ne vont pas ; je n'ai jamais peur. Je suis fasciné, attiré, horrifié par ces faubourgs, par la barrière des Deux-Moulins, où l'on ne voit guère de blancs meuniers mais plutôt des voleurs, des filles, des voyous, où il n'y a plus de moulins mais plutôt des bals. Nul n'y travaille, on y dépense sa paie en alcool, en filles, en je ne sais quoi. Je frémis en passant devant ces bouges ; la musique puissante des cornets à pistons, sauvage, violente, rythmée, me happe et j'entre. Des danseuses professionnelles, des prostituées vêtues de rouge abordent les hommes et occupent toute la piste de danse. Parfois une danseuse manque pour le quadrille. Qu'importe, on va chercher la cuisinière, qui quitte ses gamelles de friture et ses bidons. Sans se faire prier, elle s'élance, ou plutôt roule vers la piste, soulève ses jupons dans une main, adressant de l'autre des gestes à la foule qui l'encourage. Les professionnelles, celles qui sont moins grosses et plus souples, se livrent à une chorégraphie que je n'avais encore jamais vue. Un par un, les hommes vont au centre de la piste, et chacun s'y livre à des pitreries et des acrobaties dignes du cirque. Contorsions, déhanchements, pirouettes. Puis viennent les femmes, encouragées par les vivats de la foule et les pouêt-pouêts des cuivres et de la grosse caisse. Elles lèvent la jambe plus haut que leur tête, dévoilant un linge de corps douteux, infâme, taché, sans gêne, en riant, Ménades prêtes à déchirer vivantes leurs proies affolées. Souvent l'un des hommes sort un couteau, pour un mauvais regard, une bousculade, une œillade à sa bien-aimée, un mot de travers. Il tue pour un rien. Ces natures frustres supportent mal l'eau-de-vie qu'elles vident au goulot entre deux danses, l'excitation des cuivres ; les tambours, les cris, les jupes qui volent, l'air vicié les rendent fous. C'est ce qu'ils disent au juge : je n'étais pas moi-même ! La musique est la coupable ! C'est le tromblon qui m'a dit de jouer de l'eustache ! Le juge ne les croit jamais. Moi qui suis allé dans ces bouges, qui ai vu ces danses, écouté cette musique, reluqué ces femmes, je sais qu'ils sont sincères. Les âmes les plus fortes plieraient, rompraient, les résolutions les plus fermes fondraient, comme ces corps cabrés sur la piste. On appelle cela, m'a-t-on dit, le *cancan*.

Tous les hommes cherchent un petit minois, ont l'œil attiré par une jolie tournure et une crinoline qui se balance. Beaucoup s'aventurent dans les lieux de plaisir, les maisons closes qui s'ouvrent pour ceux qui connaissent les adresses, les mots de passe et ont le gousset garni. Mais peu d'entre eux savent où est le sexe de Paris, ou plutôt son cloaque. Car Paris a des poumons, un ventre, et bien sûr un sexe. Ce ventre, ce cloaque, c'est la Salpêtrière, jadis prison, aujourd'hui hôpital. Pas de lieu plus féminin : cela fait deux cents ans qu'on n'y enferme que des femmes. Pas de lieu plus lié au sexe : les prostituées fournissaient le gros des filles détenues dans la maison de force. Pas de lieu plus hystérique, puisqu'aujourd'hui Charcot y étudie et y soigne l'âme et le corps de la femme, qui ne forment qu'une seule et même chose, puisque cette âme est dans son utérus. Pas de lieu plus repoussant, plus sinistre : aux barrières de Paris, on a entassé ces femmes, dans ce qui est le plus grand hôpital d'Europe, et peut-être du monde ; on n'y trouve plus, comme autrefois, les veuves, les orphelines, les mendiantes, les incurables, les voleuses, les filles perdues et les rebelles, mais y convergent toutes les misères, toutes les folies, tous les vices, toutes les maladies, tant que ce sont celles des femmes, que l'on parque ici pour qu'elles ne contaminent pas Paris. Elles s'y exhibent, pourtant, lors des séances d'hypnose que Charcot organise pour ses élèves, et dont les Parisiens sont curieux ; et je m'y rends moi aussi, j'y observe Paris dans sa partie la plus honteuse, la plus révélatrice, la plus vraie, puisque la plus cachée. J'y ai vu l'humanité réduite à son expression minimale, dans l'école réservée aux jeunes idiotes, dans la chapelle, où des curés sans conscience effraient ces femmes déchues en leur reprochant leur vie de pécheresse, où des religieuses demandent des offrandes à ces malheureuses qui n'ont rien, et qui donnent pourtant, dans le pavillon des malades incurables. J'ai vu ce dortoir, que les femmes appellent la Forêt-Noire, et où on serait heureux de rencontrer un loup, tant tout ce que l'on voit ici étonne, effraie. Émeut : j'ai vu de jeunes idiotes pleurer au spectacle d'un magicien, qui avait fait semblant de tuer un petit lapin. Mais la Forêt-Noire est autrement plus dure aux femmes en noir qu'aux lapins blancs.

III
Où Maxime Du Camp et ses amis proclament leur haine des femmes sans pantalon

La Commune prend fin ; Paris n'est plus que sang, cendres, gravats. Durant la semaine sanglante, j'aurai vu les pétroleuses monter sur les barricades, mettre le feu à la ville et jeter leur pantalon aux orties. Comme le modèle de *L'Origine du monde*, elles ont oublié toute pudeur. Et ce n'est plus une femme seule que j'ai vue prise de convulsions, mais toute la race des femmes ; c'est tout Paris que j'ai vu convulser, se tordre, se rouler, pris de spasmes. Je raconterai un jour ce que j'ai vu, cette hystérie d'un Paris devenu enragé.

Tout son corps est encore souillé par les fumées grasses des incendies allumés par les communards ; ses chairs boursouflées sont devenues noirâtres ; les flammes le plient, consument ses graisses, et il s'écroule, retombe la tête sur la poitrine. Les édifices sont éventrés, les églises éviscérées. Les rues, ces artères magnifiques, où passaient le sang, les calèches, le peuple des commis et des blanchisseuses, sont bouchées par des barricades. Les théâtres sont vides, les cabarets sont pleins. Les palais sont éboulés, les Tuileries ont été pillées et Paris convulsé se tord sous mes yeux. Paris est secoué de spasmes ; il s'est suicidé, ou plutôt, a laissé ses enfants le tuer. Il était dit que Paris ne mourrait pas de consomption, de vieillesse, ne mourrait pas de sa belle mort, ne mourrait pas assassiné par des étrangers, mais par ses propres enfants.

Ce que n'ont pas fait les Allemands, les Parisiens l'ont fait. Les Prussiens ont assiégé Paris, l'ont affamé. On a mangé du chat, du rat, de la girafe et de l'hippopotame. On a dansé devant le buffet. On a dansé devant les cadavres des éléphants du Jardin des plantes, montagnes de chair, de sang, débitées à la hache par des bouchers bottés pataugeant dans les intestins. En pleine rue, on abattait les chevaux. Cette viande immonde a été accompagnée d'un pain immonde, gravier, vers, son, eau croupie, poussière, que certains ont appelé *pain noir*, mais qui était d'une couleur indicible. Les plus faibles, les plus pauvres, sont morts par charretées entières, et leurs corps ont été précipités dans des fosses communes. Et avec tout cela, les Allemands n'ont pas abattu Paris. Les communards, eux, s'y sont mis de manière appliquée, fanatique. Pris d'une haine du beau, une haine viscérale, ils ont abattu églises, palais, monuments, pillé les bibliothèques. Ils auraient voulu transformer les églises en cabarets et les palais en tribunaux révolutionnaires. L'étable, voilà le lieu où ils se sentent bien. Le fumier leur tient chaud. Bêtement matérialistes, ils croient qu'en détruisant une église ils détruisent la religion, qu'en brûlant un palais ils mettent fin à un régime. Détruire la chose, casser des pierres, saccager le lieu, c'est pour eux mettre à mort l'idée qu'il y a dedans, et qu'ils imaginent comme le battant à l'intérieur d'une cloche – les malheureux ignorent ce que c'est qu'une idée. Les imbéciles brûlent des crucifix – le Crucifié a pourtant montré, dans le passé, que la destruction du corps, du temple et des choses n'était qu'une péripétie vaguement secondaire, et que toujours, l'âme, l'idée, le nom survivaient. Mais ils y sont allés à l'acide sulfurique, à l'eau-de-vie et à la poudre à canon. Vagabonds, insoumis, ouvriers ivrognes, enfants perdus de la bourgeoisie, femmes des rues, dévoyés, dégénérés ont livré cette guerre intestine dont Paris a failli périr, les boyaux éclatés, le sexe à l'air, le ventre défoncé. C'est du ventre et du sexe de Paris que viendra, bientôt, le mal qui l'emportera. Paris est devenu un cloaque, *Cloaca maxima*, cloaque comme cet organe de la poule, de la grenouille ou du serpent, à la fois vagin, utérus et intestin, qui produit les œufs et la fiente. Paris est le ventre convulsé où s'engendre une portée monstrueuse et grouillante de révolutionnaires.

Et j'ai vu là le gros Courbet, caché derrière une barricade, son ventre à l'abri des tirs. Il faisait des allers-retours entre la barricade et un cabaret où il déclamait d'une grosse voix de lourds couplets patriotiques et républicains, et, de temps en temps, quelque prophétie artistique. La foule des communards l'écoutait à peu près. On m'a dit qu'il avait été élu au Conseil de la Commune, qu'il était le représentant de la Fédération des artistes. Tantôt il voulait protéger l'Arc de triomphe, et le faisait entourer de tombereaux de fumier. Bienveillance révélatrice de son art : ce qu'il aime, il le recouvre de merde ! Tantôt il voulait abattre la colonne Vendôme. On ne sait pas. Ce paysan balourd a été nommé Président de la surveillance des musées français par le Comité de la Commune ; on me l'a décrit, errant bêtement dans le Louvre, confondant les Greuze et les Gérard.

Les communards sont matérialistes, je ne suis pas étonné qu'ils se reconnaissent en Courbet, ce peintre de la matière, de la viande, ce peintre sans idée, qui sait représenter des bêtes, mais comme de futures pièces de boucherie, qui peint des femmes, mais comme de la chair défraîchie. Il y a peu, l'artiste faisait sa promotion dans le journal, dans les pages vouées à la réclame, vantait ses œuvres et son Pavillon du Réalisme ; à côté, un cordonnier vantait ses semelles increvables, un chimiste un poison pour limaces, et un pharmacien une poire à lavement pour bébés. Courbet a toujours aimé l'abjection. Il voulait peindre la femme française vivante ! Il en avait assez des Grecques, des femmes-statues, des perfections marmoréennes ! Il trouve là, sur les barricades, des modèles adaptés à son goût. Je me dis que c'est moins la politique que son attrait pour les gueuses qui l'amène ici. Les communards, comme Courbet, sont fascinés par le bas ; rien ne doit s'élever que les fumées de l'incendie.

Toutes les filles perdues et les folles que j'ai vues jadis à la Salpêtrière semblaient avoir donné rendez-vous ici, sur cette barricade édifiée devant le Ba-ta-clan, aux fous de Bicêtre. Hier encore ce café chinois abritait billard et salles de danse. Durant la semaine sanglante, c'est sur la barricade que dansaient ces femmes, relevant leurs jupons, se livrant à un cancan d'enfer. Le Ba-ta-clan était le lieu des plaisirs stupides, pagode d'opérette peinturlurée de rose, de rouge et de jaune, ainsi nommé en hommage à une opérette d'Offenbach racontant une révolution de palais dans une incompréhensible et baragouinante Chine. Coincé entre deux immeubles de rapport très haussmanniens, on venait s'y étourdir en toute inconscience. Au rez-de-chaussée, on y buvait, on y jouait des pièces ineptes ; l'étage était livré aux danseurs. On y célébrait Offenbach, qui charmait l'empire pendant que Bismarck armait la Prusse. Offenbach, qui avait composé le galop infernal d'*Orphée aux enfers* – hymne officiel, désormais, du cancan, cri de ralliement des révolutionnaires. Ce lieu de chahut, de désordre, de contestation, il était écrit qu'il deviendrait le tombeau de Paris. Pendant la Commune, on y a souffert : c'était un hôpital de campagne, on y dressait des lits sommaires pour soigner les blessés.

Paris a été pris de convulsions, s'est agité et a tressauté comme un ivrogne en crise de *delirium tremens*, comme une folle à qui il faudrait enfiler une camisole de force. Ici toutes les femmes se conduisent comme celle qui posa pour *L'Origine du monde*. Elles n'ont jamais porté un corset, je l'entends bien ; mais là, c'était leur bonnet, leur jupon, leur chemise, et que sais-je encore, qu'elles avaient lancé par-dessus les moulins*, ou plutôt les barricades. Certaines, debout sur la barricade, montraient leur nature à la maréchaussée, pour la défier, ou l'inciter à ne pas tirer sur des femmes ! Ces harpies, qui n'avaient plus rien de féminin, dévoilaient ainsi leur ventre pour prouver qu'elles étaient, malgré tout, des femmes. Elles se déguisaient en soldats, réclamaient l'égalité des sexes et rêvaient de la pluralité des hommes. Elles avaient voté l'abolition de la prostitution, sorti les putains des bordels d'où elles se répandaient comme une lèpre dans Paris et voulaient libérer les folles des hospices et des prisons ! Prises d'une ivresse enragée, laides et furieuses à faire frémir, ce furent elles, et non les hommes, qui furent responsables des pires abjections. Ce furent elles qui les incitèrent à incendier, piller, tirer sur tout ce qui a l'air d'être un soldat, un bourgeois ou un ouvrier sobre.

Alexandre Dumas, le fils, nous raconte, à Edmond de Goncourt et moi, ce qu'il a vu, lui aussi, durant cette semaine sanglante, quand, spectateur halluciné, égaré, il parcourait les rues d'une ville qu'il ne reconnaissait plus, dénaturée. À lui je peux dire mon horreur de ces femmes, de cette Commune, de ce peuple que j'aime de loin, mais qui me dégoûte quand je l'approche et commence à renifler son odeur. Ces femmes, on les appelle les pétroleuses, et le ministère de la Guerre instruit leur procès :

"Ce sont elles qui ont arrosé les Tuileries de pétrole, et qui y ont mis le feu. Il faudrait interdire la vente de pétrole et d'allumettes aux femmes !"

Cet enragement de la femme, nous sommes nombreux à l'avoir vu. Flaubert m'a envoyé hier une lettre où il me raconte comment Eulalie Papavoine, après avoir incendié la Légion d'honneur, a reçu, sur une barricade, les hommages de dix-huit communards. Elle a la santé. Les femmes, dans cette Commune, ont été plus acharnées que les hommes, presque tous alcooliques et indisciplinés, qui voyaient dans l'émeute une occasion de faire relâche. Ce sont elles qui les excitaient au combat. Il fallait les voir, au Tivoli Vaux-Hall, tenir leurs assemblées ! Avant-hier, on y dansait, on jouait aux quilles dans ses jardins illuminés de quinquets, on y buvait du vin frais ; pendant le Siège, on y votait la poursuite du combat, le refus du désarmement ; on y a préparé l'Avenir avec un A majuscule, comme dans *Aube* ou *Aurore*. Louise Michel y haranguait les révolutionnaires, réclamait la justice, les anarchistes y débitaient leurs sornettes. Le Vaux-Hall, c'est le ventre convulsé qui doit accoucher d'un avenir juste, égalitaire, radieux et magnifique, c'est l'origine du monde nouveau, et ce n'est pas beau à voir. Dumas renchérit :

"Même celles qui n'étaient qu'ambulancières et cantinières faisaient horreur à voir. J'en ai vu une, qui faisait rouler un tonneau sur une brouette, pour aller rassasier les incendiaires. Une balle l'a couchée sur son chariot et j'ai enfin osé m'approcher d'elle. Elle avait enfin l'air d'une femme. Elle était calme. Sais-tu qu'elles réclamaient l'égalité avec les hommes ? Qu'ils songeaient à leur accorder un droit de vote ? Ces pétroleuses sont égales aux hommes en ce qu'elles égalent leurs crimes. Je me demande même si elles ne leur sont pas supérieures."

"Des femmes ?" s'exclama Goncourt. "Des femelles vous voulez dire. De dignes modèles pour *L'Origine du monde*. Les seules femmes capables de poser pour ce dégénéré de Courbet. Te rappelles-tu ce tableau, que toi aussi tu avais eu le privilège d'aller contempler, chez ce diplomate oriental, ce Khalil-Bey dont les folies réjouissaient Paris ? Courbet ! Il croupit enfin en prison. On l'accuse d'avoir fait déboulonner la colonne Vendôme. Vous vous rappelez ses *Casseurs de pierre*? L'un en sabots, l'autre en blouse déchirée, misérables, absorbés par cette tâche inepte, transformer de gros cailloux en petits cailloux. Pierres grises, hommes gris, toile grise. On peint des casseurs de pierre, qui nourrissent dans leur cœur la haine et la révolte, et on finit par casser la colonne Vendôme, on la scie, on la laisse s'écrouler et se briser en mille morceaux, on veut en fondre le bronze. Quant à moi, je lui reprocherais davantage cette *Origine*, que son action pendant la semaine sanglante. Beau fragment, beau morceau que celui-là! Je le crois couard, pas sanguinaire du tout. Il a dû rester au chaud dans un cabaret pendant que les autres se battaient. Non, ce que je lui reproche, c'est moins son action pendant la Commune que cette profanation de la femme, cette exhibition des organes, ce rabaissement de la femme et de l'art. Il est coupable. Toute son œuvre aboutit, de manière logique, à la Commune et ses crimes. Ce badigeonneur a tué la peinture, et il fréquente des criminels. Il était réaliste, et s'est entouré d'assassins matérialistes, qui déboulonnaient les hommages aux grognards, qui ne croyaient en rien! Ce baisoir convulsé, vu en gros plan, peint, je le concéderai cependant, avec application, concentration, attention, avec un certain génie réaliste, annonçait ce Paris convulsé."

J'approuve. Courbet proclame qu'il va régénérer l'humanité et la peinture, mais il dégrade tout ce qu'il touche! Peint-il un paysage, qu'il abuse de grosses taches noires qui font des salissures partout. Représente-t-il des jeunes femmes se reposant au bord de la Seine, qu'il leur donne un corps maladif, une peau jaune, des joues gonflées et verdâtres de noyées, une allure de poupée mécanique aux gestes raides, jetée là par un enfant lassé. Il enserre amoureusement l'Arc de triomphe d'un matelas de fumier, pour le protéger de la rage prussienne. Il a demandé au Comité de salut public de déboulonner la colonne Vendôme, parce qu'elle n'est "tout simplement" pas une œuvre d'art!

Ces deux forfaits, avoir peint ainsi cette femme-là, et avoir insulté les grognards de la Grande Armée, sont indissociables. Ce sont deux crimes, pire, deux indignités.

Mais l'ami Dumas est lancé. "On m'a raconté son arrestation. Sais-tu qu'il s'est caché dans un placard pour échapper à la police venue l'arrêter? Il s'était réfugié chez sa maîtresse. Elle l'a vendu, bien évidemment, lassée sans doute de toute la nourriture qu'il devait ingurgiter. Ce placard, il l'avait auparavant vidé de ses saucissons. Une scène de comédie. Ce type-là ne peut être qu'un gros, un très gros mangeur. Et sans doute ne la satisfaisait-il pas. J'ai toujours pensé que ce type était un impuissant. Seul un impuissant serait capable de peindre ce tableau. Ce type est un ventre. Un ventre mou, incapable d'engendrer. Et il veut régénérer la peinture française! Faire de la vie avec la peinture. Faire de l'art vivant! Ce sont ses mots. En un sens je le comprends. Ce n'est pas avec son anchois qu'il aurait pu repeupler Paris. Il a essayé avec son pinceau. Lui-même n'a pu naître que d'un accouplement fabuleux. Quand je regarde ses portraits photographiques, je crois regarder une courge poilue*, un gros légume obscène et creux, qui sonne quand on lui tape dessus. Et les communards eux aussi voulaient un régime viable. Mais leur République n'est qu'une fausse couche. Cette Commune, c'était la conjuration des impuissants.

J'enchéris. "Courbet est dépourvu d'imagination, incapable d'engendrer des formes viables, il voudrait que tous les artistes lui ressemblent et soient des réalistes, des matérialistes impuissants! Il se vante d'être réaliste; en fait, il enrage secrètement de ne pouvoir concevoir, engendrer quoi que ce soit de beau. Mais le paysan du Jura a sa grosse malice; il transforme cette honte en étendard, il se proclame Défenseur du Vrai, Chevalier socialiste du réel. La Commune et la peinture réaliste de Courbet sont les deux faces d'un même phénomène: ces hommes impuissants, ces femmes qui veulent la toute-puissance, qui veulent voter, faire la guerre, décider de tout, mènent Paris au bûcher. Voilà la famille moderne, les couples dont naîtra l'Avenir."

Dumas, visiblement bien renseigné, sait tout sur le sort de son Barbouilleur en chef. "Il croupit à Sainte-Pélagie. On dit qu'il y peint encore, se plaignant toutefois qu'on ne lui donne pas assez de peinture, de pinceaux et de toiles ! Et il fait venir le médecin ! Ce barbouilleur ne cessera jamais de donner dans l'obscène, le bas, l'infâme. Il peint la chatte des femmes et décrit sa boutonnière ! Il écrit des lettres à ses amis, s'y plaint de ses *hémorroïdes**, grosses comme des cerises et de semblable couleur, qui ornent son baba. C'est le temps des cerises, que voulez-vous. Cette ritournelle n'est-elle pas l'hymne nouveau des communards ? Et il se dit artiste. Mais il ne peint que des polypes, ne parle que de polypes ! Il est lui-même *un polype de l'art**. Qu'a-t-il fait sur la plupart de ses toiles, sinon reproduire des trognes de dégénérés, des faciès de brutes, d'ivrognes, de femmes de la Halle, de grisettes, de débiles congénitaux ? Avez-vous vu ses paysans en deuil, ses chasseurs, ses fileuses endormies ? C'est pour la préfecture de police qu'il aurait dû travailler, et faire des moulages. C'est toute la phrénologie des criminels qui défile sur ses toiles. Ou pour la Salpêtrière, ou l'École de médecine, qu'il aurait fournies en bocaux tératologiques. Ces femmes, on pourrait conserver leur nature et leur face dans le phénol."

Goncourt nous écoute, et nous approuve. Lui aussi déteste Courbet, ses façons, sa personne, sa peinture. "J'ai toujours dit que Courbet était l'empereur du laid. Il l'aime, l'institue, l'expose, le défend, et voudrait le rendre obligatoire. Et je vous parle là d'une laideur sans grandeur, sans âme. Le pillage de Troie était peut-être laid, mais il fut grand ! Les désastres peuvent avoir de la noblesse. Mais lui peint une laideur bourgeoise, petite, médiocre. Dès ses premiers Salons, en 1855, Jules l'avait jugé, il avait traité ses tableaux de torche-cul. J'avais été plus indulgent, plus complaisant en fait, je les avais qualifiés de *barbouillages de paravent*. C'est dire comme nous avons été lucides, clairvoyants. Dès 1860, les indices étaient là. Dans sa *Femme au perroquet*, dans ce nu où rien ne rappelle la femme, toute son indignité était révélée ! Il y a trois ans, n'avait-il pas commis ce couple de femmes non enlacées, mais mélangées, ces femelles endormies, aux corps sales, comme couverts de boue, breneux même, avachies sur un lit ! Il ne sait pas peindre la chair, il ne connaît rien à la peau. Ses femmes sont en cuir et en crin. Quand on peint ainsi la femme, il n'est pas étonnant que l'on aime les pétroleuses, et que l'on veuille brûler Paris."

Mais Dumas a gardé le meilleur pour la fin. "Mais il y a un point sur lequel vous vous trompez, mes amis ! C'est sur l'identité du modèle de *L'Origine*. Ce n'était pas une fille des faubourgs. Ce n'était pas une pétroleuse. Enfin, ce n'en était plus une. C'était une demoiselle de l'Opéra. C'était, plus simplement, la maîtresse de Khalil-Bey lui-même. Cet as de pique est celui de Constance Quéniaux, ballerine brune, interprète de second ordre, bien connue du Jockey Club, des champs de courses et des tables de jeu, qui aujourd'hui vend ses charmes de manière plus discrète et qui a quitté Paris à temps. Elle aurait aimé que le secret soit bien gardé, mais Khalil-Bey s'est vanté, il a divulgué le nom du modèle à un de ses visiteurs, qui s'est empressé de trahir son secret. Ces demi-mondaines entièrement vendues, je les accuse ! On croit, depuis ma *Dame aux camélias*, que je les aime, parce que j'ai eu pitié d'une d'entre elles, mais elle avait une fleur à la place du cœur, et elle s'est rachetée, et elle est morte ! Mais toutes celles qui ont survécu à leur amant, à l'Empire, sont coupables. Elles sont responsables, plus encore que vous ne le croyez. Capables de poser pour de telles horreurs et de se vendre au plus offrant, parisien, turc ou prussien. Capables de mettre le feu à la ville et à la plaine. Coupables de la chute de l'Empire. Ce sont des vampires qui pompent l'énergie des hommes et des nations. Notre époque n'a pas eu de chance :

les jolies femmes étaient des goules et les femmes honnêtes des laiderons. Toute la fortune de Badinguet s'est noyée dans la marguerite de Marguerite Bellanger ! Finalement, il me plaît que Courbet ait peint le vestibule de cette grisette : c'est bien le symbole de notre époque. Les grands hommes de notre temps y ont vu une porte d'entrée, et ce n'était qu'une sortie. Je te le dis : *le bonapartisme est mort entre les dents de la Marguerite Bellanger, le légitimisme dans l'utérus inutile de la comtesse de Chambord**. Le sexe des femmes n'aura été, pour nous autres, qu'un lieu de perdition ou un déversoir inutile. Nous y aurons dépensé notre énergie et nos vers, en vain. Marguerite Bellanger se portait bien, elle était vorace, elle a englouti dans ses caprices les derniers kopeks du dernier empereur, elle est désormais belle et grasse et fait une belle fin comme lady à Londres ; la pauvre comtesse de Chambord était sourde, pas très jolie, pas très jeune, sans appétit et infertile. Un paquet d'os de son bassin faisait comme une barricade dans son utérus. La semence légitimiste n'a jamais franchi cette barricade et nous voici en République !

Pour accepter de poser ainsi, cette Constance Quéniaux devait avoir quelque chose de la brute, de ces femelles primitives du début du monde. C'est peut-être pour cela que ce tableau a été appelé *L'Origine du monde*. Il doit nous renvoyer à ces temps d'avant l'Histoire, où nous sommes peut-être en train de revenir. Savez-vous qu'en 1866, l'année même où Courbet peignait cette infâmie, le marquis de la Vibraye était de passage à Paris ? Le brave hobereau, tout droit venu de sa Dordogne, venait présenter à l'Académie une femme de sa province, pas la sienne, toujours. Il l'avait trouvée, cela ne s'invente pas, dans le *trou du guetteur*. Dans la boue et les détritus, les gravats, au fond d'une grotte. Une petite statue de femme, tenant dans la main. Vieille peut-être de dix mille ans. Cette femme, je dois te la décrire. Une femme sans tête, sans bras, sans poitrine, sans pieds. Un corps raide, une croupe saillante, deux jambes droites, un sexe réduit à une fente verticale. Non l'amoureuse, la mère, la muse, mais la femelle dans ce qui la distingue du mâle. Tout cela fait à la hache, sans esprit, sans amour et sans émotion ; aux femmes de ces époques-là, convenaient de tels artistes. Sa créature, il l'a appelée *La Vénus impudique* ! C'est vrai que nous sommes loin de la *Vénus pudique* de Scopas, toute en rondeurs, en délicatesse, la taille marquée, les hanches arrondies en amphore grecque, cachant ses seins et son sexe de ses mains. Cette Vénus impudique ne devait pas se rendre compte qu'elle était nue. La maîtresse de Khalil-Bey est la petite sœur de cette Vénus-là.

Voyez-vous, je trouve plaisant que l'on ait exhumé cette Vénus au cœur de nos provinces, et qu'on l'ait trouvée de notre vivant. La sauvagerie est chez nous, en nous, pas en Afrique, chez les Indiens ni les Papous ; nous l'avions oubliée. J'aime beaucoup mon ami Verne. J'ai lu son *Voyage au centre de la Terre*. C'est un roman pour les petits garçons, mais enfin, je l'ai lu. Vous savez qu'il imagine qu'au centre de la Terre, il y a de la vie, des océans, des monstres, et que les premiers hommes y sont nés, et qu'ils étaient blancs et de race caucasique ? Eh bien, je crois qu'il se trompe. Cette statue en est la preuve. Aujourd'hui, la sauvagerie revient, par les femmes, encore et toujours. Le peuple redevient horde, la femme redevient une femelle. Cette Commune voudrait tout détruire et revenir à cela. Et Courbet, qui proclame partout qu'il en a assez du marbre et des Aphrodite polies, que Scopas est fini, qui envoie promener l'idéal, et, comme il le disait à un journaliste, "l'art bon genre à la pommade", veut lui aussi détruire l'art. L'art est peut-être né dans les cavernes avec la Vénus impudique. Mais il est mort dans l'atelier de Courbet ; ce con en gros plan est peut-être l'origine de la vie, mais c'est la mort de l'art.

Vous me suivez. Courbet est une grosse bête. Il n'invente jamais. Il n'a aucune imagination, rien qui puisse l'élever au-dessus de la crasse dans laquelle il vit. Il copie, et ma foi, pas trop mal : je lui reconnais ce mérite. Il a dû aller à cette conférence, voir cette Vénus-là, elle lui a plu. Ou alors, il en aura vu les nombreux dessins qu'en firent les savants du Muséum. Et quand Khalil-Bey lui a commandé un portrait de sa maîtresse, lui demandant de célébrer cette Vénus d'aujourd'hui, il l'a fait poser en pensant à cette Vénus primitive. Ne trouvez-vous pas plaisant qu'il ait choisi une artiste pour modèle, et précisément une danseuse, et qu'il lui ait coupé la tête et les jambes, alors que chez une ballerine, on vante le cou-de-pied et le port de tête ? C'est que pour lui, elle n'était pas une danseuse, mais une femelle. Aucune préoccupation artistique. Aucun souci d'élévation. À quoi bon des jambes, si ce n'est pour les écarter ? *L'Origine du monde*, pour moi, c'est le fruit de cette partie carrée entre une putain, un pacha oriental, une femme des cavernes et un entrepreneur en démolition. Et cette Constance Quéniaux, c'était à la fois une pétroleuse et une de ces Vénus immondes, impudiques, venue du fond des âges."

IV
Où il sera fait mention, fort brièvement, d'une autre femme sans tête ni cervelle

Après les femmes sans pantalon, les femmes sans tête. J'apprends aujourd'hui par le *Courrier des Ardennes* l'exécution de Félicité Lombin, épouse Loth. Avec son mari, elle a détroussé un messager des Postes ; puis, ne sachant que faire de leur victime, ils l'ont tuée, puis, ne sachant que faire du cadavre, Loth lui a, sur les conseils avisés de sa femme, tranché le cou avec son eustache. La sacoche du postier était peu rebondie. Les romantiques amants ont été guillotinés hier à Mézières, avant le lever du jour. On dit qu'elle est montée avec calme sur l'échafaud. Cette Félicité me fait songer au modèle qui a posé pour le tableau de Khalil-Bey. Même sauvagerie, même misère, même abjection sans doute ; même absence de cervelle ; la tête de l'une a roulé sous un coussin, celle de l'autre dans un panier.

Dumas doit avoir raison : c'est cette danseuse qui a dû poser, maîtresse du commanditaire et du payeur, maîtresse sans doute du peintre par-dessus le marché. Je n'ai jamais rencontré cette Constance Quéniaux, dans tous les bordels que j'ai pu fréquenter. Sans doute fréquenté-je des établissements trop haut de gamme ; j'ai toujours eu un souci de l'hygiène, et je n'ai jamais voulu attraper ces maladies que donnent les femmes pauvres. Pourtant, il ne sait rien de précis sur elle ; il connaît son nom, sa raison officielle, et c'est tout. Mais j'aimerais savoir comment elle a posé, comment elle a rencontré Courbet, et Khalil-Bey ; comment ces trois-là se sont entendus, qui a eu l'idée, de Khalil-Bey ou de Courbet, de cette pose, de ce cadre. Mais Courbet tout juste sorti de prison est retiré à Ornans où, dit-on, il peint toujours les mêmes toiles, avec de moins en moins de talent, une par jour, pour éponger ses dettes ; Khalil-Bey est rentré chez lui, à Istamboul, où il s'est marié très officiellement ; et Constance, qui doit avoir vieilli depuis ses années de petite ratte, se taira. Si je veux en savoir plus, il me faudra consulter les archives de police. Ou Gautier, chroniqueur du Paris raffiné et mondain, comme je le suis du Paris des bas-fonds.

V
Où Gautier improvise un conte oriental à trois personnages

“Constance, une pétroleuse ? une goule ? Courbet, un démolisseur ? Dumas t’a raconté n’importe quoi. Courbet était assez gros pour faire tomber la colonne Vendôme en s’appuyant dessus. Oui, c’était une bête, une brute du Jura, un peintre brouillon qui trempait son pinceau directement dans la terre. Mais crois-moi : tu lui prêtes beaucoup, en faisant de lui un incendiaire. Tu n’aimes pas sa peinture, tu n’aimes pas la Commune, moi non plus. Mais son *Origine* n’a pas détruit Paris. Dumas exagère, comme toujours. Moi, je connais le secret de ce tableau. J’ai assisté à la commande. Pas aux séances de pose, hélas. Et surtout, j’ai connu tous les acteurs de cette affaire secrète. Constance Quéniaux, parce qu’elle était une demoiselle de l’Opéra, et parce que j’ai écrit des articles sur elle. Khalil-Bey, parce que je lui ai présenté bien des maîtresses, dont la belle Jeanne de Tourbey, et des artistes. Et Courbet, qui cherchait à vendre jusqu’en Orient. Et c’est moi qui les ai fait se rencontrer. C’est moi qui ai présenté Constance au Turc, car elle cherchait un protecteur, et lui, une jeune femme à lancer ; et c'est moi qui ai parlé, le premier, de Courbet à ce mécène oriental, pour en dire du mal ; il faut croire que je suis bien mauvais critique d'art, puisque Khalil-Bey s'est aussitôt entiché de l'un comme de l'autre."

Gautier est un conteur hors pair. Il a ses trois personnages. Je sens qu'il va m'improviser un de ces contes orientaux brillants et féeriques dont il a le secret. Il est fatigué, il reste allongé sur son divan, mais raconte.

"Je n'ai jamais pris Khalil-Bey très au sérieux. Pour moi, c'était un génie qui sortait de sa lampe et exauçait tous les vœux de ses amis ; il était riche à millions, et donc très entouré et aimé ; on le suivait aux courses, au jeu, à l'Opéra, dans les salles de ventes, où il achetait de beaux tableaux anciens, et dans les ateliers ; il se piquait de deviner, avant tout le monde, quel peintre moderne avait du talent. Ce Turc possédait une collection ! Le François Ier de notre temps, en turc. Il raflait tout ce qu'il y avait de plus beau. Il avait acheté *Le Bain turc* d'Ingres, des Dou, des Delacroix, des Chassériau, des Corot ! Un Clésinger ! Il avait vu la *Vénus et Psyché* de Courbet, et lui commanda deux toiles. Vénus et Psyché, mais nues cette fois, et ayant complètement oublié Éros, fils de l'une, amant de l'autre. Deux femmes entre elles, se passant fort bien des flèches de Cupidon. Et il voulut ensuite une Vénus toute seule, vue de près, de très près. Un jour, pouf ! Il a disparu dans un nuage de fumée, et plus rien n'est resté de lui, que des souvenirs. Ses chevaux ont été vendus, sa collection a été dispersée et ses maîtresses ont trouvé d'autres protecteurs. Ou l'inverse ? sa collection a été vendue, ses chevaux ont eu d'autres cavaliers, et ses maîtresses se sont dispersées… Le charme, le charme du monde moderne, l'argent, qui permet toutes les métamorphoses, qui fait tout apparaître, qui réalise tous les vœux, qui fait naître la gloire, qui fait naître l'amour même, s'était dissipé. Il n'y avait plus de sous dans la caisse. Le palais oriental s'est évaporé avec toutes ses houris dedans, il a été vidé de ses trésors, et un djinn, sous la forme d'un commissaire-priseur, s'est chargé de les faire passer, d'un coup de marteau magique, d'un palais dans un autre.

Courbet, j'ai dit, j'ai écrit des horreurs sur lui. Il était le *Watteau du laid** ! Il avait, pour le restituer, le rendre, un raffinement de détails, une technique amoureuse. Il le cherchait, le pourchassait de ses assiduités. Il y mettait du maniérisme. Il le portait en étendard, il l'aimait, et quand un modèle était trop beau, il le renvoyait. Il voulait du gras, du gros, de l'avachi, du mollasson. Des femmes aux expressions de bête, des hommes abrutis par le travail, des bêtes harassées par leur charge. Tu as vu ces *Demoiselles au bord de Seine ?* Leurs yeux vides, leurs expressions ignobles? Et sa baignade? Ou plutôt sa *Baigneuse*. Oui, à ta tête je vois que tu te rappelles. Une énorme dondon, vue de loin, de dos, qui sort de l'eau. On a beau aimer les chairs, il y a des abus repoussants ; cette grosse-là est obèse, d'une obésité maladive. Elle fait un geste de la main auquel on ne comprend rien. Est-ce qu'elle trébuche et cherche son équilibre ? Est-ce qu'elle repousse un homme ? Impossible, il n'y en a pas ! À part Courbet, personne ne se cacherait derrière un arbre pour l'épier. Elle ferait fuir un valet de ferme. Ce n'est plus la Vénus anadyomène, c'est la Vénus hottentote. Tu as entendu l'histoire de cette malheureuse femme khoïsan venue du Cap, que l'on exhibait à Paris, au début du siècle ? Elle avait, elle aussi, une croupe monstrueuse. Eh bien, il se murmurait que c'était quelque part en Afrique, que Courbet avait trouvé son inspiration. Ce ne sont plus des fesses qu'elle a, cette *Baigneuse*, c'est une croupe de jument. Courbet voulait faire de vraies femmes. Mais ce vrai-là, moi, je n'en veux pas. Et cette croupe-là n'est pas seulement grosse et grasse, elle est difforme, la peau en est boursouflée de cellulite, caricaturale. Seul un inculte provincial, un esthète raté, comme Bruyas, ou un cynique pervers, peut avoir acheté une telle croûte. Il devait vouloir choquer sa famille, ou son curé, au déjeuner dominical, en leur infligeant la vue de cette toile. Seule une haine de la famille, des conventions, ou l'insolence d'un riche blasé, peut expliquer un tel achat.

Quant à Constance, bien sûr, j'ai fait son éloge. Je passais ma vie à l'Opéra, dans ces années-là. Le matin, j'écrivais des livrets de ballet. L'après-midi, j'envoyais ma chronique de la soirée précédente aux journaux. Et le soir, j'allais voir ces demoiselles ; je les connaissais toutes. Constance était charmante, racée, délicate, élégante, contrairement à ce que tu t'imagines. Des sourcils comme des arcs. C'était la danseuse française, à une époque où le public se lassait des Polonaises, des Russes et des Milanaises, avec ce je-ne-sais-quoi dans l'œil, ce regard coquin et languissant. Et quelle mime ! avec ses grands yeux noirs, ses sourcils, elle faisait bien la méchante, les pantomimes étaient pour elle ! C'était une actrice. Je l'avais tout de suite repérée, dans une gentille pantomime, *Aelia et Mysis*, vers 1850 ; elle devait avoir dix-huit ans, tout au plus. Et puis dans *La Vestale* de Spontini ! Elle faisait l'une des prêtresses. Un rôle de composition, évidemment ; on savait à quoi s'en tenir sur son vœu de chasteté. Mais avec sa belle tunique blanche, retroussée aux genoux, on voulait tous être le grand-prêtre de cette cérémonie-là. C'était un vieux ballet démodé, mais on le donnait souvent, pour ses vestales peu farouches. Elle était toute maigre. D'une maigreur agile, gracieuse, nerveuse. Tous les rôles de Sicilienne, de bacchante, de gitane lui allaient bien. Je la vois encore dans *Le Trouvère*. Dans les *sevillanas*, les *gitanillas*, ses castagnettes réchauffaient le public le plus froid. Elle avait du goût. Mais elle faisait bien la fée aussi. Elle dansa une petite fée dans *La Sylphide*, en 1852. Pas la reine des fées, bien sûr ! Mais une fée quand même. Elle mettait le rêve à portée de main. C'était une prêtresse accessible. Crois-moi, il n'y a pas tant de ballerines qui fassent cela avec grâce. Alors, je l'ai voulue pour *Sacountala* où elle dansa une prêtresse. Je m'étais inspiré d'un vieux poème sanscrit de Calisada, mystique, bizarre, plein de longueurs, mais terriblement hindou, pour ce livret. Je la voyais bien en prêtresse de l'Inde, elle était si brune ! J'avais fait dessiner des décors somptueux : jungle, palais indiens, éléphants. Toutes les danseuses du corps de ballet étaient distribuées, faisant esclaves, fakirs, femmes de harem, prêtresses. Je me rappelle une phrase du *Figaro* : *"Les jambes de Mlles Quéniaux et Couque parlent couramment le sanscrit"*. Elle en avait reçu, des compliments ! Le confrère du *Figaro* vantait son *ballon*, sa capacité à s'élever dans les airs : il disait qu'elle était diaphane, que la difficulté pour elle ne consistait pas à s'élever, mais à retomber sur le sol ! Il lui disait de *"lester son ballon"*... Diaphane et aérienne ! Le confrère ne se doutait pas qu'elle poserait un jour pour *L'Origine du monde*. Pas plus que celui du *Moniteur*, qui appréciait *"la danseuse pure et correcte"*. Et puis, elle a quitté la scène, comme cela, presque du jour au lendemain. On oublie même les grandes danseuses, lorsqu'elles sortent de scène. La danse est ingrate, elle ne laisse pas de trace ; et mes chroniques, elles-mêmes, dans peu d'années, seront oubliées. Alors les danseuses moyennes... Car elle n'avait pas l'étoffe des plus grandes, d'une Carlotta Grisi, d'une Fanny Elssler, d'une Marie Taglioni. Elle avait beaucoup moins de feu que Fanny Cerrito, Carolina Rosati, ou même Amalia Ferraris. Mais que veux-tu : derrière les Étoiles, il faut des seconds rôles, et encore derrière, des troisièmes rôles, et cela, elle le faisait fort bien, et puis je ne pouvais pas toujours parler des mêmes : mes lecteurs voulaient de la variété.

Il était une fois ces trois personnages... cette danseuse charmante mais sans grand talent, ce peintre amateur de croupes et ce nabab que j'essayais de plumer. Mais la réunion de ces trois personnages a abouti à ce tableau. La magie de l'histoire, elle est là, dans cette rencontre qui n'avait pu se faire qu'à Paris, dans les derniers feux de l'Empire. Et ce tableau, je l'aime, et je vais te dire pourquoi. Une fois ruiné, rentré dans sa lampe, privé de son pouvoir magique, Khalil-Bey m'a ému. Je n'ai plus pensé qu'à l'aider, et j'ai préfacé le catalogue de ses tableaux, pour sa vente aux enchères. Une fois dispersée, cette collection m'apparut comme un rêve merveilleux. Je fus même touché par certains tableaux de Courbet qui s'y trouvaient. Lorsque j'appris que Courbet, emprisonné, trahi, malade, croupissait à Sainte-Pélagie, qu'il peignait des natures mortes alors qu'il avait faim, des fleurs alors qu'il était derrière les barreaux, j'eus presque envie de lui apporter quelques tubes de couleur. Quant à Constance, je repensais à elle, sur scène, du temps où son seul vice consistait à montrer ses jambes. Ce tableau, c'est un moment heureux de ma vie ; il me rappelle ce Paris insouciant d'avant la Commune où un ambassadeur de la Sublime Porte pouvait entretenir une demoiselle de l'Opéra et faire portraiturer son intimité par un Jurassien athée, où l'argent coulait à flots, comme dans les contes, entre deux courses au Bois. Ce Paris dont j'étais, en fait, moi, le bon génie, puisque c'est moi qui exauçais les vœux de tous, moi qui faisais se rencontrer ces personnages, moi qui transformais leurs vies en roman."

Je quitte Gautier, l'imagination enflammée par ces noms magiques qu'il a prononcés, qui ressuscitent cette époque d'avant la chute de l'Empire, d'avant la Commune, d'avant la République. Dans ses souvenirs s'entremêlent artistes, Orientaux mystérieux et beautés d'autrefois, tous déjà mordus par l'oubli. Mais très haut dans ce ciel brille un nom, celui de Jeanne de Tourbey, qu'il a prononcé avec malice, au détour d'une phrase : celle qui ouvre toutes les portes, facilite toutes les rencontres.

VI
Où le lecteur découvre la recette du succès, dont la tourbe et le sucre sont les principaux ingrédients

C'est fou comme le sucre enrichit. Tout le monde veut des douceurs, des confitures, des gâteaux, et celui qui a compris comment faire du sucre, il fait fortune. Il y en a une à Paris qui en sait long sur les confiseries, les friandises, tout ce qui séduit, console ; une qui en sait long sur le sucre et ce qu'il rapporte, et qui englue dans ses filets les hommes les plus remarquables. La belle Jeanne de Tourbey a ensucré le prince Napoléon, des directeurs de théâtre, des patrons de presse, mon ami Flaubert qui se roule à ses pieds comme un chiot, mes chers Gautier et Dumas fils, qui m'ont mis sur sa piste, et, surtout, Courbet et Khalil-Bey, qu'elle a présentés l'un à l'autre. Celle qui tient l'un des plus fastueux salons de Paris, qui a reçu tout le Second Empire, qui reçoit désormais les amis de la République, tout en les regardant de travers, vire aigre. Son miel se change en fiel, que depuis la Commune elle déverse par pots sur les traîtres à la patrie et les juifs ; elle ne jure plus que par le général Boulanger, à qui elle prédit un grand destin. Elle tient ses millions d'un Baroche, fils benêt d'un industriel du sucre, opportunément mort au début de la guerre ; mais sa particule, elle la tire de son génie propre, car la dame est née Jeanne Detourbey, à Reims, où son ouvrier de père soufflait roturièrement des bouteilles. Lasse sans doute de savoir que les heureux du monde vidaient des bouteilles de champagne qu'elle serait condamnée à remplir, la belle s'est fait la belle, a troqué son nom qui sentait la tourbe et la boue des champs pour une particule plus aristocratique et a rejoint Paris, ville de toutes les métamorphoses, où elle commande désormais le champagne par caisses entières pour ses réceptions. Elle niche non loin des Champs-Élysées, au premier étage, cinq mètres au-dessus du trottoir : un véritable Mont-Blanc. Ce n'est pas tant son ascension qui me stupéfie, que l'amnésie qui frappe mes contemporains : tous regardent en haut, vers les fenêtres vivement éclairées de la rue de l'Arcade, oubliant de regarder par terre la fange dont cette Ève moderne est sortie et qui colle à leurs bottes.

Je n'ai pas de mal à la faire parler de Courbet et de Khalil-Bey, deux anciens amants. Elle parle d'abondance tout en laissant entendre qu'elle pourrait en dire plus encore. C'est lorsque j'évoque Constance Quéniaux que mon hôtesse perd la mémoire. Ses hôtes sont tous des mâles et elle professe le plus grand mépris pour ses sœurs ; il est vrai qu'elles lui sont toutes inférieures en beauté, en esprit et en avidité. Tout juste concède-t-elle avoir présenté à Khalil-Bey et à Courbet une jeune danseuse ignare, docile, recommandée par le directeur de l'Opéra, une fille parmi cent autres, incapable de lui faire de l'ombre, qui avait posé sans comprendre, sans rien demander, une fille destinée à rester anonyme, à jamais, et dont elle-même a oublié le nom, sitôt qu'elle l'eut soufflé à ses deux amants.

"Ainsi, Gautier vous raconte qu'il a fait se rencontrer Khalil-Bey, Courbet et cette fille… Gautier a toujours été ainsi, à s'attribuer des mérites qui ne sont pas les siens. Que voulez-vous : c'est un conteur. Il brode, il embellit, je l'aime pour cela. Mais non : le despote et le rebelle, le millionnaire et le socialiste ami de la liberté, se sont rencontrés chez moi. Chez qui d'autre ?" Elle fait une pause, pour bien me faire saisir la chose. "Que Gautier ait été fasciné par ce tableau, cela s'entend. Il passait son temps à l'Opéra. Il assistait à tous les spectacles, qu'il racontait le lendemain dans *La Presse*. Il réduisait les filles à leurs jambes et à leur port de tête. Courbet a dû lui révéler qu'il y a un juste milieu."

Juste milieu : l'expression m'amuse, de la part de cette acharnée qui s'acoquine désormais avec les journalistes les plus nationalistes, et qui n'a pas dû beaucoup modérer les élans du centre. Comme j'eusse aimé que cette catholique, fervente depuis peu, vomissant les juifs, maîtresse d'un prince érotomane musulman, eût posé *elle* pour ce tableau, pour un Courbet anti-clérical et communard !

VII
Où Gautier, tel Shéhérazade, poursuit son récit lors d'une deuxième nuit

Je me prépare à passer une seconde nuit avec Gautier. Le pauvre vieux tousse, il a mauvaise mine. Vautré sur un divan, il prépare pour nous deux pipes de haschisch et semble ravi de jouer les Shéhérazade. J'aime ses histoires, mais j'aimerais autant qu'elles me soient contées par une belle Moabite ; d'autant que mon hôte rit de m'avoir appâté par un premier récit incomplet, voire faux ; il sait que je veux connaître la suite, et que désormais, je suis suspendu à ses lèvres ; je chasse l'image de la Moabite, m'avoue vaincu, et l'écoute.

"Je ne t'ai pas menti. La belle Jeanne non plus, d'ailleurs… Lorsque Khalil-Bey m'a montré le tableau, il m'a subitement dévoilé que je vivais dans un rêve. Il a mis, devant mes yeux, ce qu'obstinément je fuyais. Tu dois comprendre quelle était ma vie, depuis trente ans. Tous les soirs, je me rendais à l'Opéra rue Le Peletier, où j'avais ma loge. Dès le lever de rideau, j'étais dans un autre monde ; un monde idéal, parfait. Commençait alors la mode des ballets blancs ; les danseuses portaient des tutus diaphanes qui dessinaient comme une brume de rêve autour d'elles. Elles étaient affublées de petites ailes dans le dos, elles effleuraient à peine le sol de leurs pointes et semblaient ne pas toucher terre. Elles étaient des sylphides, des fées des bois, des papillons, des flocons de neige, des cygnes blancs ou des fantômes de bayadères, ces vestales hindoues mortes vierges. On y voyait des *wilis*, fiancées mortes avant leurs noces, entraîner les hommes dans une danse mortelle. On y voyait l'Étoile Emma Livry changée en papillon, se poser sur les fleurs sans faire ployer leurs tiges. Elles n'avaient pas de poids, elles ne pesaient rien. Les chorégraphes avaient inventé une gestuelle codifiée : les bras repliés sur la poitrine signifiaient la chasteté. Toutes ces créatures féminines étaient blanches, vierges, immatérielles, inaccessibles. C'étaient de purs esprits. Elles étaient désincarnées. Si on les touchait, elles mouraient ou faisaient mourir. Elles fondaient, perdaient leurs ailes, restaient au fond des tombes, s'évaporaient. Ou elles conduisaient les hommes dans les marécages recouverts par la brume, où ils se noyaient dans la boue alors qu'ils croyaient fouler la neige.

Tout se déroulait dans un ailleurs brumeux, nordique et irréel, où le travail, la ville, les machines n'existaient pas, où les corps disparaissaient, et où les femmes, fées, *wilis* ou papillons, n'avaient pas de sexe. Le plus beau ballet de ces années-là, c'était *La Sylphide*, qui commençait dans un monde en couleurs, dans un village écossais, avec ses paysans, ses tartans bleus, rouges et verts, ses travaux des champs, ses chaumières, mais qui disparaissait au deuxième acte, au profit d'une forêt, d'un lac et de ses créatures immatérielles et blanches flottant dans les airs. Le ballet racontait l'histoire de James, un paysan écossais promis à Effie, une jeune et jolie paysanne, mais épris d'une fée ailée qu'il était le seul à voir. Alors qu'il était assoupi, la fée entrait chez lui et lui dérobait son alliance ; il la poursuivait dans la forêt, et l'apercevait, dansant avec ses compagnes et prenant soin des oiseaux. Les fées l'acceptaient parmi elles ; mais James voulait posséder la

Sylphide, et il jetait sur elle un voile magique pour l'attraper, offert par une sorcière. Il l'attrapait, certes ; la fée perdait ses ailes, et mourait. James rentrait dans son village, apercevant au loin le cortège nuptial d'Effie, qui en avait épousé un autre. Ce ballet ravissait et désespérait les hommes de ma génération. Il nous disait que l'idéal était impossible à atteindre, que la possession tuait l'amour. À partir de là, le blanc envahit le ballet. Les costumes à la grecque sentaient l'ère napoléonienne et le renfermé ; ils furent remisés au fond des placards. Il nous fallait du tulle vaporeux. Les ouvrières gazetières eurent beaucoup de travail, elles seules pouvaient faire des costumes aussi brumeux, aussi aériens que nos rêves ; le tutu, tout en ombres transparentes, avait été inventé pour ce ballet, et les danseuses ne purent plus porter autre chose. Le blanc, c'était la couleur des vierges, de la pureté, de la mort, la couleur de la page sur laquelle ma génération écrivait ses rêves romantiques. Nous avions renoncé à la révolution. La beauté ne serait pas de ce monde, la justice non plus. Nous avions enterré la liberté et la gloire ; quant à la beauté, elle s'était réfugiée sur cette scène étroite et s'évaporait avec les saluts. Le blanc était la couleur de notre deuil.

Je savais, bien entendu, que le ballet cachait ce qui existe, et montrait ce qui n'existe pas. Tout y était, je ne dirais pas faux, mais irréel. Les décorations, les costumes, les pas, l'éclairage, tout contribuait à la féerie du moment. *La Sylphide* nous dissimulait ce qu'était le corps de ballet : une armée de jeunes femmes interchangeables, issues de familles illettrées, aux corps vite fatigués et abîmés par la danse, aussi disciplinées que des ouvrières, signant d'une croix des contrats de quelques mois, qui pouvaient être rompus sans préavis, moins bien payées que des bouquetières tant qu'elles n'avaient pas conquis la célébrité. Mais toutes ces jeunes femmes, qui complétaient leurs cachets misérables en se faisant entretenir, ou en se prostituant, jouaient les esprits ailés, les sylphides, les filles de l'air, les vierges, étaient habillées de blanc au deuxième acte, comme des mariées ou des communiantes. Elles jouaient les jeunes filles mortes avant leurs noces, les fées-papillons, qui ne travaillent pas, ne vont ni à la mine ni aux champs, n'ont ni mari ni enfants, n'épluchent pas les légumes, ne balaient pas la cuisine, ne vieilliront jamais. L'Opéra de la rue Le Peletier, proclamé Temple de l'art lyrique et chorégraphique, était une usine à rêve et un bordel où l'on venait reluquer des femmes peu habillées, et où les abonnés venaient choisir leurs maîtresses. Constance Quéniaux venait de là. Comme toutes les autres.

Le ballet nous mentait aussi sur ce qu'est un corps. Car les corps des danseuses sont musclés, leurs os solides, mais leurs pieds s'abîment, se tordent, se déforment, leurs articulations sont soumises à rude épreuve. À trente-cinq ans, elles ne peuvent plus danser sur scène. Leurs corps transpirent, souffrent, comme ceux des ouvriers qui produisent, des femmes qui accouchent d'armées de paysans, d'ouvriers et d'héritiers. Hors du théâtre, tout n'était que laideur, lourdeur, labeur. Les corps des paysannes et des ouvrières étaient abîmés, les corps des bourgeoises étaient appesantis par la bigoterie, alourdis par des couches innombrables de jupons, de crinolines, de robes noires, couverts de volants, ruches, rubans. Mais sur scène, Marie Taglioni, que j'avais rebaptisée "la danseuse chrétienne", semblait ne pas toucher le sol. C'est que pour elle, son père chorégraphe avait créé les pointes. Marie Taglioni ne marchait pas ; elle n'était pas une femme mais une fée, elle n'avait pas de chair, pas de corps. Son pied ne foulait pas le sol. Au deuxième acte, elle volait, elle ne pesait rien. Elle avait inventé le *ballonné*, cette impression d'envol sans retombée, cette technique qui efface la technique, ce corps qui travaille dur pour suggérer l'absence de corps, l'apesanteur. Bref, elle *taglionisait*. Marie Taglioni semblait aérienne, mais c'était au prix d'un travail sur les pieds, plus précisément le cou-de-pied, qui se cambre jusqu'à la déformation, et le gros orteil, qui supporte tout le poids du corps. Pour que le regard des spectateurs monte vers le port de tête, le travail des bras, la grâce du cou, il faut que les pieds soient solides. Tout dépend du bas. Les danseuses sont certainement les femmes ayant les pieds les plus laids. Mais vues de loin, depuis une loge, avec une lorgnette, elles deviennent des créatures rêvées.

Je ne parlais jamais de cela dans mes chroniques. Je ne révélais jamais le truc. Je savais que mes contemporains avaient besoin de cette illusion. Cela me faisait mal de voir l'envers du décor ; j'aurais préféré ne pas savoir. Le tutu contribuait à ce mensonge. Et ce n'était d'ailleurs pas une couturière qui l'avait dessiné, mais un peintre ; un peintre académique, classique, conservateur, un ami de Louis-Philippe, dont il avait décoré les appartements à Chantilly ; autant dire, un maître ès illusions. Blanc, moulant, porté avec des collants blancs, il suggérait la nudité. Une nudité idéale, pure, froide, celle du cygne avec ses plumes immaculées, des anges musiciens. Morceau de gaze, il semblait arraché aux nuages, il avait la matérialité des rêves. Il transformait toute femme qui le portait en fille de l'air. Il retournait ces horribles robes noires empesées que nos femmes portent au moindre deuil ; ces robes qui cachent jusqu'à leurs pieds, qui étranglent leur taille, avec ces corsets qui déforment leurs côtes, compriment leur poitrine, altèrent leur respiration, les emmaillotent dans des dizaines de chemises en dentelle, de jupons à volants, par-dessus une armature de crin, qui les gênent pour marcher, s'asseoir. Le tutu, lui, dévoilait les pieds et les mollets, les bras, le cou, exhibait la finesse de la taille, libérait le geste. Les danseuses semblaient voler, elles étaient des oiseaux, et nous ne voyions pas les barreaux de leur cage, et nous ne voulions pas savoir que le tutu les déguisait en anges pour mieux leur permettre de faire étalage de leur corps. Nous ne savions pas non plus que ces filles de l'air pourraient devenir des filles de feu, que la mousseline des tutus pouvait s'enflammer au moindre frôlement des becs de gaz, placés sur la scène, au ras du sol.

Dans le monde de *La Sylphide*, il n'y avait pas de travail, pas d'argent, pas de banques, pas de machines. En ces années-là, la France se couvrait de fabriques, les cheminées d'usine poussaient partout, les chemins de fer chassaient les gobelins, les forêts étaient rasées ; Nodier la parcourait déjà avec nostalgie, faisant dessiner les clochers médiévaux, les châteaux hantés, les sources enchantées et les grottes qui disparaissaient les uns après les autres. Tous ces dessins d'une France pittoresque mais morte inspiraient Cicéri, le décorateur en chef de l'Opéra, qui peignait les chaumières comme des châteaux et les donjons comme des masures, également couverts de lierre et de roses. Ce n'étaient que brumes et mystères, forêts impénétrables et femmes impénétrées. Et pour créer cette illusion d'un monde sans machine, pour changer les décors, il fallait des machines complexes. Ingénieurs et machinistes s'affairaient en coulisses. Les danseuses s'envolaient suspendues à des câbles d'acier, mais elles avaient de petites ailes dans le dos, qui vibraient, et dont il fallait remonter le mécanisme entre les actes.

Guizot avait dit à nos pères "Enrichissez-vous." Ce qu'il n'avait pas dit, c'est que pour cela, il fallait travailler. Nous, nous dépensions cet argent, avec les danseuses. J'étais alors amoureux de Marie Taglioni et j'aurais aimé me ruiner pour elle. Mais j'étais pauvre, et elle était sage ; ces deux circonstances malheureuses firent qu'elle resta à jamais – pour moi du moins – la créature inaccessible qu'elle jouait sur scène. Je fus plus heureux, ou plus comblé, avec Carlotta Grisi, dix ans plus tard. J'étais toujours aussi pauvre, mais beaucoup plus célèbre ; et bien qu'elle fût officiellement l'élève et la partenaire, et officieusement la maîtresse, de Jules Perrot, maître de ballet à l'Opéra, je sus que je pourrais la posséder tout en gardant intact mon rêve de blancheur. Pour cela, il fallait que je compose un ballet pour elle. J'étais las de n'être que spectateur ; je voulais être l'ordonnateur de ces féeries. J'écrivis pour elle *Giselle*, l'histoire d'une villageoise trahie par son amoureux, et qui devenait une *wili*, une créature maléfique, qui entraîne les hommes qu'elle croise dans la forêt, les faisant danser jusqu'à la mort. Le premier acte se passait au village ; Giselle était une rebelle, elle ne travaillait pas, ne se reposait pas, elle n'allait pas aux champs, elle dansait tout le temps, contre l'avis de son médecin, contre l'avis de sa mère, contre l'avis du bourgmestre, qui redoutait son influence sur les autres jeunes filles. Mais Giselle était éprise d'un prince – un prince qui lui mentait, qui était fiancé à une autre. Giselle l'apprenait, et dansait à en mourir, le cœur brisé d'efforts et de chagrin. Tout n'était que couleurs, danses de village, fraîches jeunes filles aimant la danse et pressées de se marier.

Le second acte était vide, blancheur, absence. Tout y disparaissait ; le corps – l'héroïne était changée en esprit ; Giselle – elle faisait désormais partie des *wilis*, la cohorte de ces jeunes filles mortes avant leurs noces ; et l'intrigue elle-même. Le ballet ne racontait plus rien, et ne montrait plus que de la danse, de la danse pure et idéale, qui ne cherchait plus à séduire, à plaire. Il n'y avait plus de Giselle, plus de Carlotta, et même plus de danseuses. Elles exécutaient toutes les mêmes mouvements en même temps, ne formant plus qu'un seul corps, démultiplié, rêvé ; toute leur danse n'était plus qu'une élévation qui semblait ne jamais devoir s'arrêter, un mouvement perpétuel, fondu, moelleux ; pour ce ballet, Arthur de Saint-Léon avait inventé l'arabesque, où la pointe d'un pied effleurait à peine le sol, tandis que l'autre jambe était levée au ciel ; il avait permis la sissonne aux danseuses – ce saut si haut, autrefois réservé aux hommes. La danse elle-même s'effaçait comme technique, comme métier pour n'être plus qu'un mouvement de l'âme ; nous n'étions plus à l'Opéra, nous avions été transportés au fond d'une âme. Les *wilis* se déployaient, innombrables, identiques, interchangeables, abstraites, toutes également blanches et vaporeuses ; elles volaient et je ne possédais plus Carlotta, mais tout ce corps de ballet, dont j'avais pensé, voulu, le moindre mouvement.

Le rideau rouge retombait, et je pensais encore à ces chimères en allant chez Khalil-Bey, j'y pensais alors qu'il me parlait, j'y pensais tandis que ses mains saisissaient le rideau vert qui recouvrait la toile – et je vis la réalité : cette fille dont toute la vie était bien réelle, qui dansait parce que c'est un métier qui rapporte, que sa mère avait dû pousser dans les bras d'un protecteur, qui ne cherchait qu'à séduire et plaire, qui avait posé parce que son amant le lui avait demandé, qui exécutait tous les mouvements qu'il lui demandait, qui ne le fréquentait que parce qu'il payait bien ; et cet amant qui avec elle ne touchait plus terre, qui oubliait son âme, qui n'existait plus que dans son corps à elle, et dont le désir, innombrable, dictait, pensait, voulait, tous leurs mouvements. Ce tableau m'ancrait dans le réel, solidement, lourdement."

Tout lesté de cette version, je rentre chez moi, pour méditer, rêver à ce rideau vert.

VIII
Où Edmond de Goncourt se révèle connaisseur en cires et où Maxime Du Camp commence à distinguer intérieur et intériorité

“Sais-tu que j’ai presque cru à ce récit de Gautier ? Quel artiste. Mais un artiste qui tousse, qui est tout blanc, qui a bien mauvaise mine, qui est si vieux.”

Goncourt rit. “Cela a dû lui rappeler ses jours heureux, où il était amoureux de toutes les ballerines en vue. Sais-tu qu’il n’a jamais battu le beurre avec sa Carlotta Grisi ? Sa Giselle est restée, pour lui, une *wili*. Il vit avec sa sœur, Ernesta Grisi, qui ne danse pas, mais qui chante et lui donne mal à la tête… Le modèle de Courbet ne doit pas être une demoiselle d’opéra ; Dumas a cru un ragot qu’on lui avait rapporté et Gautier s’en est emparé, pour nous raconter une belle histoire. Non que je croie à la vertu de ces filles, je les imagine, au contraire, capables de tout, mais assez avisées. Et puis le Turc devait être jaloux. Crois-tu qu’il aurait laissé sa maîtresse poser toute nue ? Cette Constance a aujourd'hui changé de métier, elle donne dans les bonnes œuvres, la charité chrétienne. Elle a dû être prudente, même jeune ; elle devait savoir qu'on ne pose pas pour un tel tableau sans exciter la curiosité du public. Cette Constance, c'est aujourd'hui une femme comme-il-faut. Elle est la marraine d'honneur d'un orphelinat, l'Orphelinat des arts ! Il recueille les enfants des artistes, et tu sais combien ces couples se séparent. On se met à la colle après une première, ou parce qu'on partage un engagement. Et puis l'homme est engagé dans une autre troupe, et il abandonne là la troupe et la femme, et l'enfant qui va avec, ou c'est la mère qui abandonne son gamin, car courir les provinces avec un marmot, c'est trop difficile, et ça les empêche de retrouver un protecteur. Sans compter les tuberculeuses, elles sont légion chez les danseuses et les actrices. Il paraît que Constance donne beaucoup et surtout qu'elle est très douée pour faire donner les autres. Je me suis renseigné. Elle a conservé beaucoup d'amis riches dans le monde, d'amis dévoués et discrets. C'est grâce à elle que cet orphelinat est si propret, si bien tenu. Bien sûr qu'elle a eu un amant, du temps qu'elle dansait. Toutes les filles en avaient un, quand ce n'était pas deux ou trois. Mais je ne crois pas qu'elle ait jamais posé pour Courbet, et surtout pas pour ce tableau-là. J'imagine plutôt une fille prise de boisson, et ramassée par Courbet sur le trottoir. Ou une cire. Connais-tu les cires anatomiques ? Ce que tu me décris me fait penser aux cires de Dupuytren. Il y a de jeunes médecins dans ma famille, et ils m'ont raconté comment on leur enseignait l'anatomie féminine. Va voir les cires de Dupuytren. Va à l'École de médecine. Ou va dans les ateliers de Dupuytren, toi qui parcours Paris, cela manque à tes enquêtes. Toi qui te présentes comme l'anatomiste de Paris, tu observeras, là-bas, tes collègues à l'œuvre. Tu verras, tout y est, les muscles, les veines, les muqueuses. Ton *Origine* rend tout cela de manière précise, seul un médecin connaît cela. Regarde les vrais nus féminins, pense à Titien, regarde Manet. Étaient-ils médecins ? Voyaient-ils, toute la journée, des corps malades et déformés? Non. Alors leur Vénus, leur Olympia sont belles, et posent la main sur leur sexe. Chez Goya, la Maja croise ses mains derrière sa tête et ses seins s'écartent de chaque côté de son buste. Mais son sexe est réduit à un petit triangle. Chez tous les peintres, le sexe est un point, un triangle, un repli. Il est caché par une main, recouvert par un drap, ou il n'existe pas. Ton *Origine* est l'œuvre d'un carabin, ne cherche pas plus loin."

J'y vais, rue de l'École-de-Médecine, et ma foi, je vois. Je vois des bocaux pleins de formol où nagent des organes, des planches anatomiques, des moulages; toutes les parties du corps, tous les organes, toutes les pathologies sont là. La femme y est ouverte, étalée, déroulée. Et effectivement, avec une précision qui aidera les futurs obstétriciens, je vois la femme, son intérieur, son extérieur, ses organes reproducteurs. La chair est jaune orangé, les veines rouges, les lèvres roses, l'entrée du vagin, étroit, ou dilaté, pour les femmes qui ont déjà accouché, ou franchement ouvert, pour les parturientes, rien ne m'est épargné, tout y est. Tout, sauf le frémissement de la chair, le grain de la peau. La vie. Ces cires sont anatomiquement parfaites, les muscles sont là, les muqueuses sont précisément rendues, rien n'est omis mais l'essentiel est oublié. D'ailleurs les carabins qui les étudient rigolent un peu, pour la blague, se poussent du coude, mais ils ne sont pas excités. Dupuytren, c'est le génital sans le désir, le sexe sans l'excitation. Goncourt s'est trompé. Il me semble impossible que Courbet ait copié une de ces cires. Il a peut-être copié le cadrage. Oui, tout bien réfléchi, il s'est peut-être inspiré de ce gros plan, de ce cadrage frontal.

De toute façon, un morceau n'inspire pas le désir. C'est une personne qui attire. La courbure d'un cou, un profil, un battement de cils, un sein plein et tendre et son mamelon tendu, n'inspirent le désir que parce que derrière, on sent une personne et un autre désir. Voilà ce que n'avaient pas compris les poètes qui faisaient des blasons, découpant le corps de la femme en tranches comme à la boucherie : beau tétin, beau sourcil, bel œil, belle fesse. Courbet a donc fait poser une vraie femme, j'en ai la certitude. Une femme vivante, parfaitement anonyme, parfaitement méconnaissable ; une femme de petite vertu, de toute petite vertu, montrée dans ce qu'elle a de commun avec toutes ses sœurs, femmes de bien, femmes de lettres. Courbet a réduit la femme à un principe, un organe – mais seule une vraie femme, une femme particulière, a pu lui inspirer cela. Qui était-elle, quel était son caractère, quelles étaient ses mœurs, où la ramassa-t-il ?

IX
Où Edmond de Goncourt envisage la contribution du plâtre à l'histoire de l'art, et de madame Sabatier à l'inspiration des poètes

Je confesse ma perplexité à Goncourt. Mes doutes, face à cette peinture que je n'aime pas, mais qui désormais m'intrigue, qui est une peinture et non une cire, une œuvre, et non un moulage. Mais Goncourt fait la moue. Il ne veut pas que Courbet soit un artiste, il croit dur comme fer à son histoire de moulage.

“Ce que je sais, et ce que tu sais comme moi, c'est que Gautier, il y a vingt ans, était loin de se contenter des sylphides ; à la même époque, tous les soirs, il allait voir sa bacchante rousse, la belle madame Sabatier, celle que nous avons tous aimée, toi, moi, Courbet qui la représenta dans son *Atelier du peintre*, Baudelaire, Flaubert, Musset, Nerval, Dumas père. Et j'en oublie ; tous, nous l'aimions. La plus belle femme de Paris. Et tout le monde le savait, parce que Mosselman, son industrieux amant, lassé de ses mines de zinc et de mercure, matériaux qui enrichissent, avait commandé un marbre, matériau qui anoblit, un marbre à son image à Clésinger ; commande ruineuse, mais qui fit son petit effet; parce que Clésinger, son amant sculpteur, avait moulé son corps dans le plâtre, et que Gautier, son amant publiciste, avait annoncé un coup de tonnerre dans les arts, rameuté la presse, organisé le scandale, préparé l'indignation et l'admiration, chauffé à blanc les deux camps. La chose fut exposée à Paris, au Salon, autant dire montrée à la terre entière, ou à tout ce qui compte ici-bas. Or l'œuvre fit effectivement scandale, non parce que la belle Apollonie s'y roulait d'une façon fort suggestive, comme piquée par un serpent, ou par quelque autre dard, mais parce que Clésinger, au lieu de travailler comme Michel-Ange affrontant la pierre, luttant avec la matière, transformant une image mentale en rêve de pierre, Clésinger, donc, avait moulé le corps de son modèle avant d'en donner une copie en marbre. Son geste, vois-tu, n'avait rien d'artistique, et était à la hauteur du premier briquetier des faubourgs."

Nous nous décidons à rendre visite à notre bonne amie, qui doit connaître le secret de *L'Origine*. Bizarrement, alors que la *Femme piquée par un serpent* a tout de même été moulée il y a plus de vingt ans, Apollonie est toujours la belle Présidente. La muse a tout de même eu la sagesse d'investir dans la pierre et c'est fort civilement qu'elle nous prie, alors que nous ne sommes même pas dimanche, dans son salon de la rue Frochot.

La bacchante nous reçoit assise; il faut dire que nous sommes un mardi. Mais lorsque nous lui parlons de *L'Origine*, elle se rebiffe. Elle a vu l'œuvre, et elle est l'une des seules femmes à avoir eu ce privilège; Khalil-Bey ne la montrait qu'à de rares amis masculins, mais elle était la maîtresse en titre de Gautier, et rien d'artistique, à Paris, ne pouvait se faire sans son consentement. Mais l'œuvre n'a pas ses faveurs.

"Lorsque j'ai posé pour Clésinger, j'ai posé tout entière, et il a moulé *tout* mon corps."

Notre esprit s'égare à cette évocation ; Goncourt a les yeux dans le vague, il s'imagine en serpent, faisant se dresser les seins et saillir la croupe de notre érudite hôtesse.

"Et surtout mon visage. Tout Paris m'a reconnue. Les bigots, les hypocrites, les contrefaits, les curés infirmes, les prédicateurs boiteux et myopes, qui s'approchaient pour mieux se scandaliser, tous m'ont désignée, insultée, condamnée. J'exultais évidemment, de faire enrager ces cafards ; mais Clésinger et moi risquions un procès pour outrage aux bonnes mœurs, sans compter une amende et la réprobation de notre concierge. Les braves gens sont dangereux. C'est bien la maîtresse de Khalil-Bey, cette Constance Queniaud, Cugnod, Cugnot, ou Quéniaux, je ne sais plus, qui a posé pour Courbet. On me l'avait présentée. Elle ne m'avait pas fait grande impression. Peu de conversation, peu d'esprit, pas d'imagination. Mais elle a été plus prudente que moi. Moins courageuse. Khalil-Bey voulait un portrait d'elle ; un portrait particulier, certes ; elle devait être allongée, la nature exposée, au premier plan, le dos couché et la tête sur un coussin. Car il aimait aussi son sourire, les Turcs mêmes pouvant se montrer sentimentaux, quand ils séjournent à Paris.

Mais cette Clémence, ou Constance, n'a jamais voulu. Elle voulait bien poser les cuisses écartées. Mais elle ne voulut jamais que Courbet représentât sa nature *et* son visage. C'était l'un, ou l'autre. Elle était prévoyante ; elle devinait que son histoire avec le Turc n'aurait qu'un temps, elle ne voulait pas se compromettre, elle prévoyait ses arrières, la vie de femme respectable qu'il lui faudrait mener, et elle savait qu'il y a plus de risque à poser convulsée, les jambes serrées, mais le visage pâmé, comme je l'avais fait, que les cuisses ouvertes et le visage caché. Ce que vous prenez pour une audace, ne fut dû qu'au souci du qu'en-dira-t-on d'une petite-bourgeoise. Certains vantent ce cadrage, le trouvent extraordinaire. Ils s'extasient : pour la première fois, on représente la femme sans artifice, sans mensonge, dans ce qui fait qu'elle est femme ! Pour la première fois, on la montre telle qu'elle est, sans la faire passer pour une Vénus, une Danaé, une Léto ! Mais non : ce cadrage est une commande qui n'a pas été exécutée jusqu'au bout. Vous croyez qu'il montre l'essentiel. L'essentiel, c'est le visage ; le risque, pour le modèle, c'est que l'on reconnaisse vos traits, et pour le peintre, qu'on ne les reconnaisse pas."

Nous remontons dans notre voiture, enviant le père Gautier. Comment notre ami, si ventripotent, si laid, avait-il pu faire la conquête d'une telle femme ? Il pouvait bien se permettre de rêver au théâtre, le malin ; il avait ses compensations. Nous repensons à ces billets qu'il lui faisait porter quotidiennement, et qui s'égaraient, et faisaient le bonheur d'un petit cercle d'initiés, où il lui promettait, après lui avoir civilement proposé sa loge aux Italiens ou au Vaudeville, de lui lécher le clitoris, de *la baiser lâchement par derrière** ; il l'invitait à souper, ou dans sa loge de l'Opéra-Comique, puis lui promettait de la recouvrir de son sperme ; il vantait les perles de ses dents et la perle cachée brillant au creux de sa coquille ; il était le chat du roi Salomon, qui se frottait sur sa reine de Saba ; et sa chatte à elle était un renard roux, auquel il donnait la chasse, dans des forêts brumeuses de la rue Frochot. Pourquoi la Présidente accable-t-elle Constance Quéniaux ? Sa condamnation n'est-elle pas destinée à cacher la vérité – et si c'était elle, le modèle de *L'Origine du monde* ?

X
Gautier, troisième nuit

“Tu veux, à ce que je vois, la suite de mon histoire”, constate Gautier, à qui j’ai rapporté la version de sa Présidente.

Je lui réponds que je ne veux pas la suite d’une histoire, mais bien la vérité sur des faits ; que lui seul peut me raconter comment Courbet a peint ce tableau ; et que lui seul peut me certifier que c’est bien cette Constance qui a posé. Mais pour Gautier, la vérité n’est que la juxtaposition de plusieurs récits ; elle apparaît progressivement, comme quand, couche après couche, touche après touche, un peintre compose son tableau.

“Tu n’es pas patient ; tu m’as laissé raconter mes soirées, mais je ne t’ai pas encore raconté mes nuits.

Dans le théâtre, la musique cessait, le rideau tombait, les fées allaient se démaquiller, je montais dans un fiacre, j’entrevoyais par sa vitre la ville et son vacarme, sa saleté, sa misère, parfois discrète et honteuse, souvent démonstrative et ignoble, et j’arrivais rue Frochot, chez ma belle maîtresse, Apollonie Sabatier, dont le prénom faisait penser à Apollon, alors qu’elle était toute dionysiaque. Son vrai nom sentait la savate ; elle était née Aglaé Savatier, et était fille, certes, d'un vicomte, mais hélas, et surtout, d'une blanchisseuse. Encore du blanc : mais ce n'était plus le blanc virginal des ballets, c'était celui des grosses lessives. Pourtant, c'est sans aucun linge que la belle Apollonie fit la conquête de Paris. Parée seulement de deux bijoux, un bracelet au poignet droit, et une vipère au poignet gauche, elle posa effectivement pour Clésinger. Mordu par le serpent, convulsé, son corps se tordait dans un spasme qui faisait davantage songer à l'orgasme d'une Ménade qu'à l'agonie de Cléopâtre. Ses yeux étaient fermés, sa bouche entrouverte dans un cri. Plus question d'envol, la belle se roulait par terre, son corps dessinait un arc de cercle ; sa main gauche touchait presque ses pieds, projetant son ventre et son sexe en avant. Son cou renversé en arrière faisait saillir sa poitrine généreuse, seule partie de son corps tendue vers le ciel ; la douleur, ou le plaisir, contractait ses muscles et laissait deviner un peu de cellulite en haut de ses cuisses fuselées et fermes. Elle montrait tout ce que mes ballets cachaient : des reins puissants, des fesses rondes, des muscles nerveux, un ventre légèrement rond ; ce n'était plus un pied qui se dressait en pointe, mais un sein. Les plis même de sa taille et de ses aisselles étaient désirables. Mon œil glissait de ses seins à ses reins, de ses reins à son sexe, exactement au centre de la composition, central, évident, qui ne se cachait ni se montrait, qui était là, puissamment présent. Je voyais là une femme bien réelle, avec un corps bien réel – la graisse sur le haut de ses cuisses en attestait, et rendait pourtant ce corps désirable, alors que, chez Courbet, il m'eût dégoûté ; corps réel et beau, splendide, quoi non idéalisé, parce que non idéalisé. Ce plâtre n'était qu'une empreinte, mais de cette empreinte Clésinger avait fait une présence. Ce corps imposait sa puissance et plaçait là, sous mes yeux, ce qui était tout aussi central, mais indeviné à l'Opéra : le sexe.

Apollonie était ma reine de Saba, ma bacchante. En changeant de femme, je changeais de langue. Avec elle, pas de livret, pas de poème, mais des billets de cinq lignes, que je lui envoyais par rafales, pour lui dire que je souhaitais être son chien, la lécher partout – j'étais même beaucoup plus précis, et même chirurgical, puisque je souhaitais lécher son entrefesson, son gousset et son cul, à condition qu'il ne soit pas trop propre, et même son clitoris, et ses glandes* – ces mots-là, je les avais ramassés dans la rue, ou trouvés dans des ouvrages de médecine, dont je faisais mes délices. Son corps magnifique, je ne le voyais que par bribes, fragments, morceaux, organes : sa nuque en sueur, sa toison rousse, l'odeur de chaque partie de son corps, son oreille ourlée, que j'aimais lécher, et surtout son entrejambe, que je regardais à la loupe, alors qu'il me fallait des jumelles pour détailler les charmes des danseuses, depuis ma loge. Parfois même, c'était depuis ma loge que je lui envoyais les mots les plus infâmes ; et ce que j'osais lui dire à elle, je ne pourrais pas te le répéter à toi.

J'en étais là de ma vie lorsque le Turc fit comme par magie son apparition. Il voulait un tableau d'un genre très spécial ; Courbet voulait des commandes et Constance un protecteur. Je les fis se rencontrer, n'assistai pas aux séances, mais l'œuvre achevée, Khalil-Bey m'invita et me fit les honneurs de sa collection. Il savait ménager ses effets ; il commença par me montrer ce qui était montrable. Ses Ruysdael, ses Flamands, ses paysages, des bouquets et des scènes orientales avec bazars, oasis, palmeraies, smala, et scènes historiques et pittoresques. Un *Hallali au chevreuil* et un *Renard* de Courbet. Courbet ratait les femmes mais réussissait bien les bêtes. On sentait l'inquiétude de son renard affamé, qui devait sortir du bois et dévorer un mulot, pauvre gibier. Ce renard était seul avec sa faim, et la neige et le crépuscule avaient beau être somptueux, cette splendeur de la neige, il ne la ressentait pas : il restait une bête. On sentait, aussi, la douleur et l'angoisse de la biche, qui mourait de fatigue sur la neige, forcée par les chiens. Et je me disais que peut-être, les émotions qu'il ne savait pas montrer quand il peignait des femmes, il les avait montrées ici. Et je pensais à ces danseuses que j'ai vues sur scène, et dont beaucoup mourraient seules, vieilles, fatiguées, pauvres, et oubliées, un hiver – les hivers sont rigoureux pour les petites vieilles et pour les danseuses sans engagement. Khalil-Bey arriva au *Bain turc*, qu'il me laissa contempler à loisir ; je me demandais pourquoi il avait acquis ce tableau, alors qu'il devait avoir, dans son Stamboul natal, force houris dans ses appartements. À quoi bon la copie quand on a l'original chez soi ? Ce Turc me laissait perplexe. Puis il m'ouvrit théâtralement la porte de la pièce la plus secrète, la plus intime de son hôtel : sa salle de bains. Là, il entrouvrit un rideau vert, et dévoila, avec jubilation, *L'Origine du monde*.

Je tombai en arrêt. La chair était splendide ; on voyait le sang battre sous la peau ; on devinait la douceur de ces cuisses. J'étais médusé par ce spectacle, sauvage et magnifique, par cette présence. J'étais mis face au mystère, qui cependant demeurait entier. J'étais comme invité, et je ne pouvais entrer. Khalil-Bey avait su se faire un musée secret. J'avais moi aussi le mien, mais je n'étais pas riche, et mon *Musée secret* n'était constitué que de mots : j'y décrivais en vers, sur quatorze strophes, tout ce que je taisais dans toutes mes autres œuvres, et qui en constituait néanmoins le centre, l'extase que provoquait en moi la vision d'un sexe féminin, tel que Le Titien, Véronèse et d'autres Italiens à l'imagination échauffée le peignaient, recouvert d'une toison rousse, fournie, soyeuse, comme la mousse cachant une pêche. Mais le musée du Turc était, il fallait le reconnaître, plus réussi que le mien.

J'ai alors beaucoup rêvé de Constance, de cette fille que je n'avais en fin de compte pas assez observée, que je croyais joliment insignifiante, et qui était à la fois la sylphide et la bacchante, qui réunissait en elle les deux faces de mon rêve.

Les deux images, celle de la ballerine toute de blanc vêtue, et celle du modèle de Courbet, se superposaient dans mon esprit. J'étais hanté. Rien de plus opposé que ces sylphides à la gestuelle pudique et ce sexe qui se montrait, que ces ballerines vêtues de longs tutus blancs et ce sexe à la pilosité brune, que ces créatures qui volent dans les airs et ce corps puissant et lourd, allongé sur des draps froissés. Les unes sont mortes, et apportent la mort. L'autre était synonyme de vie. L'écart semblait immense, entre ces ballerines figurant des fées ailées, des mortes, des femmes-papillons, des esprits, ces créatures au sexe imprenable ou inexistant, et ce corps puissamment incarné, terrestre. Entre ce corps diaphane, sublimé de la fée, qui flotte dans les airs, et ce tronc allongé, terrien, pesant, alourdi par l'amour, cette chair pleine et aimée. Entre ce corps transformé et sublimé par la technique de l'en-dehors, et ce mystère de l'en-dedans. Entre le blanc mat du drap, rendu un peu gris par des lessives répétées, et le blanc scintillant des costumes, sur lesquels sont cousus petites perles en nacre et rubans dorés. Et pourtant, une même femme avait incarné ces deux rêves d'artistes.

C'était bien la même femme, second rôle d'un ballet romantique et modèle d'un tableau réaliste. C'était elle, dont les journaux conservateurs vantaient la danse correcte et élégante, qui avait posé pour un peintre débraillé, matérialiste, épais, révolutionnaire, qui participerait à la Commune. Elle s'était allongée et avait posé, elle avait imité le vol des cygnes et des papillons. Elle s'était offerte aux regards concupiscents du public, et elle m'avait contraint, devant son portrait, à baisser les yeux. Elle était ce corps plein, mûr, prêt à l'amour, et cette absence de corps, cette présence fantomatique et chaste. C'était bien elle qui entrouvrait ses cuisses pour son amant et pour le peintre, et qui croisait les bras sur sa poitrine en signe de chasteté. Son corps musclé et fort avait appris à suggérer l'envol, la fragilité, l'évanescence. Sa chair avait incarné le rêve, et son corps l'immatérialité des sylphides.

Je revoyais ses beaux yeux, ses sourcils splendides, la perfection de son corps de brune aperçu de loin, avec mes jumelles. Et là, elle avait posé pour Courbet, qui peignait plutôt des casseurs de pierre, des paysans revenant de la foire, des cribleuses de blé, des femmes et des chevaux de trait s'endormant l'ouvrage fait, égales bêtes de somme harassées de fatigue. Moi qui avais toujours cherché le beau, chez les femmes, en poésie, et bien sûr dans la danse, pour qui la beauté constituait même la seule raison d'être, j'étais abasourdi : cette œuvre me fascinait, et pourtant, elle ne représentait rien de beau. Dans le corps de la femme, tout peut être beau, tout peut être laid : les hanches, les seins, les yeux, les fesses, les jambes ; mais le sexe existe, un point c'est tout, indifférent aux jugements esthétiques, aux modes ; souverain, il règne, il est là. Et je compris alors qu'il y avait quelque chose de plus fort, de plus puissant que le beau. Je venais d'envoyer *Émaux et Camées* à mon imprimeur, un recueil où chaque poème était un petit bijou précieux, ciselé, un petit objet à mettre dans une vitrine, sur un coussin en velours rouge. Et là je voyais cette œuvre de Courbet, ce peintre que j'appréciais si peu, qui avait cadré crûment, qui avait fait poser Constance sur un simple drap blanc. Le sexe de Constance, cela m'apparaissait d'un coup, était tout cela : un bijou précieux et un organe. Qui était-elle, pour incarner ainsi les deux faces de mon rêve ? N'était-elle qu'un modèle placide, se prêtant aux délires contraires de chaque artiste, et donc une figure vide et creuse, dénuée, peut-être, de toute personnalité ? J'optai pour cette idée-là. Constance était le modèle idéal."

Gautier avait achevé son long récit. Je me disais que le génie de la lampe, c'était lui. Il avait transformé ce tableau sordide en un enchantement.

XI
Une farce spirite

Mais Gautier s'était tout de même moqué de moi, en me donnant trois récits différents de la conception du tableau. Me vint alors l'idée de lui jouer un tour à ma façon. Il y avait à Paris, dans ces années-là, un sieur Isidore Buguet, photographe spirite de son état ; il se vantait de faire apparaître leurs chers défunts aux familles endeuillées. Il plaçait une plaque déjà impressionnée dans son appareil, avant de faire poser son client ; et il fabriquait ainsi un cliché où, à côté de l'éploré, volait une forme brumeuse et presque transparente ; les familles endeuillées étaient confortées dans leur idée que les esprits restaient parmi nous, nous protégeaient, que les morts étaient juste un peu moins visibles qu'avant, et que la photographie les rendait visibles. Le studio de Buguet ne désemplissait pas : plus les fosses communes se remplissaient – et avec Sedan, le siège de Paris, la Commune et la tuberculose, elles avaient beaucoup reçu –, plus le studio se remplissait lui aussi, avec une symétrie qui confinait à la magie.

Je connaissais désormais le point faible de mon ami – voir représentées, sur une même image, les deux faces de son rêve. Gautier aimait ces histoires d'esprits, de magnétisme, de fantômes ; il s'en inspirait dans ses œuvres, et s'en méfiait, connaissait les entourloupes des charlatans, mais la curiosité, et le désir de voir son rêve se réaliser, l'emportèrent ; il accepta de me suivre chez Buguet. Entre-temps, j'étais allé chez le photographe spirite, et lui avais expliqué la chose. Lorsque je revins avec Gautier, dans le studio attendaient des veuves, des fiancés ayant perdu une promise poitrinaire, et quelques parents orphelins de leurs enfants. Gens de tous âges et de fortunes diverses – la qualité de leurs souliers et ombrelles en attestait – dont l'étude des physionomies, tristes, anxieuses ou pleines d'espoir, occupa notre attente.

Buguet nous fit entrer, Gautier et moi ; il lui demanda de s'asseoir, et de penser aux femmes de sa vie. Je vis Gautier s'absorber dans ses pensées, rêvant sans doute, à la fois de l'aérienne Taglioni et de la somptueuse Sabatier. Je l'avais convaincu qu'apparaîtrait, à ses côtés, une femme ayant les traits de l'une et de l'autre. Le lendemain, Gautier recevait, encadré dans un joli papier marbré, un cliché grotesque et raté : une vapeur semblait sortir de la tête de notre gros ami, dont se dégageait péniblement un fantôme presque nu, ni excitant, ni diaphane, lourdaud et vulgaire, et coiffé d'un voile transparent, chaussé de pointes. À croire qu'en entremêlant deux fantasmes, un escamoteur ne peut produire qu'une farce. Pendant quelques semaines, Gautier me bouda ; mais l'envie de me raconter ses bonnes fortunes, de s'enquérir des miennes, et de savoir comment progressait mon enquête sur *L'Origine*, prit rapidement le pas sur sa susceptibilité. Et il me glissa un nom, celui de madame Dominique, le professeur de danse de Constance ; une femme qui l'avait connue enfant, petit rat. Peut-être Constance avait-elle été innocente, naïve, pure ; peut-être n'avait-elle jamais eu le temps de l'être.

XII
Où madame Dominique est prise en flagrant délit de mensonge à propos des crapauds

Je m'attendais à voir une vieille femme. La gravure qu'on m'a montrée la représentant semble si ancienne, tout droit sortie d'un album romantique rehaussé d'aquarelle ! On y voit Caroline Lassia, accorte et l'œil aguicheur, costumée en *torero* de fantaisie, dans *Paquita* de Mazilier. Mais celle que tout le monde ne connaît plus que sous le nom de madame Dominique a formé tellement d'élèves ! Elle a été le professeur d'innombrables gamines, avant qu'on ne lui confie la direction de l'école de danse de l'Opéra de Paris. Elle a formé Emma Livry, Léontine Beaugrand, et cent autres. Et toutes l'aimaient. Quand une danseuse vient d'Italie, comme Giuseppina Bozzacchi, Guglielma Salvioni, ou la Fiochetti, ou de Russie, comme Adèle Grantzow, elle prend quelques leçons chez madame Dominique, afin d'apprendre le style français. Elle leur donne des petits surnoms, et Giuseppina Bozzacchi signait les lettres qu'elle lui adressait "votre Crapaud" et ajoutait "je vous embrasse mille fois sous votre petit gosier". Giuseppina, petit crapaud milanais, arrivée à Paris l'année de ses douze ans pour y devenir petit rat, triomphant à seize ans dans le rôle de Swanhilda, une fille de chair et de sang auquel son imbécile de fiancé préfère l'automate Coppélia. Giuseppina, qui triomphe sur scène à la fin du printemps, au début de l'été 1870, dans ce ballet de Delibes, que l'Empereur, qui s'apprête à déclarer la guerre à la Prusse, prend le temps de venir applaudir le soir de la première. Giuseppina, qui meurt de maladie, de froid et de faim pendant le siège de Paris, le jour même de ses dix-sept ans, au mois de novembre, seule comme le sont les filles quand elles tombent malades, faute d'avoir eu sa ration de rat, de chat, de charbon et de pain noir, tandis que l'Empire agonise, et avec lui le ballet blanc, et que sur les barricades qui se dressent naissent d'autres danses. Les guerres sont fatales aux petits crapauds sentimentaux. C'est Gautier, encore lui, qui m'a raconté tout cela. Comment est-il au courant de ces indiscrétions, comment est-il entré en possession de leur correspondance, il ne me le dira jamais. Mais madame Dominique n'a que cinquante ans, et toujours son allure de danseuse. Elle est drapée dans sa dignité et il n'est pas question de lui parler de baisers sous le gosier ni ailleurs. Elle se rappelle toutes ses élèves, et, même si Constance n'était pas la meilleure, elle n'a que du bien à en dire. Avec des mots choisis, je lui décris le tableau entrevu dans l'appartement du diplomate, qu'elle dit ne pas connaître. Même en étant factuel et descriptif, je ne peux être que choquant. Et plus je reste poli, plus je reste neutre, plus la brave dame est submergée par l'indignation. Je vois le moment où elle va s'emparer de sa sonnette et me faire jeter dehors par un domestique hors d'âge et d'usage. Mais c'est avec horreur qu'elle repousse l'idée que Constance ait pu poser pour Courbet, et pour ce tableau-là. Elle n'a qu'une vague idée des peintures de Courbet, mais elle en a entendu parler, et son avis est fait : seul un dégénéré, un fou, peut peindre de telles saletés. Elle défend un art propre et qui ne dérange personne, qui ne choque jamais et fait plaisir à tout le monde. Un art qui repose sur la Tradition, l'apprentissage, le Répertoire. Pour elle, aucune de ses danseuses ne peut avoir posé pour une telle cochonnerie.

"Non, une femme, une femme comme-il-faut, n'aurait jamais posé ainsi… Ce Courbet a dû se servir des photographies de Belloc", tranche-t-elle. Tiens donc, elle connaît Belloc. Je m'indigne : "Belloc, un cochon, un crapaud !" Elle ne relève pas mais me lance un œil noir, l'œil du taureau au *torero*.

XIII
Où notre héros achète des polkas

Belloc ! C'est une riche idée de madame Dominique que de m'avoir rappelé l'existence de ce vicieux. Dans mes pérégrinations, je suis souvent allé à son atelier. Je sais que les voyous en retraite, les voleurs qui se rangent, mais ne se rangent jamais tout à fait, le fournissent en filles pauvres – souvent leur propre maîtresse – qui se laissent photographier sous toutes les coutures. Je sais aussi qu'au fond de son atelier, il fait poser des femmes nues. Dans des poses académiques, alanguies sur un sofa, l'œil rêveur et la main posée sur un bouquet. Dans des poses érotiques, vautrées sur un sofa, l'œil tourné vers l'objectif et la main posée sur leur bourgeon. Mais des photographies pornographiques ? en aurait-il vendu à Courbet ? Je sais aussi qu'il a inventé un curieux appareil, le stéréoscope, un casque en bois pourvu de lunettes, qui donne du relief à ses photographies. Le bordel comme si on y était.

Je pousse la porte de sa boutique, rue de Lancry, je regarde les photos que Belloc ose exposer. Communiantes. Photos mortuaires. Paysages. Mais le bonhomme voit immédiatement que ce n'est pas un paysage que je suis venu chercher, ni une communiante. Il reste méfiant, pourtant, en homme qui est espionné par la police, bien connu des procureurs, qui a déjà été condamné, mais retourne sans cesse à son vice infâme. “Vous aimez la polka?” Polka, c'est le mot dont se servent amateurs, collectionneurs vicieux, proxénètes et maquereaux pour s'échanger ces photographies. Ma foi, il me prend pour un amateur. Je lui décris le tableau, et lui demande s'il n'aurait pas, dans ses archives, quelques photographies qui auraient pu inspirer Courbet. Oui, il voit ce que je veux dire. Oui, Courbet lui achetait beaucoup. Et pas qu'à lui, à son concurrent, Vallou de Villeneuve, qui le fournissait aussi en tumeurs, opérations, malformations, cicatrices, que Courbet semblait aimer aussi; Vallou avait le bon goût, l'intelligence, de fournir l'École de médecine, raison pour laquelle il n'a jamais eu de démêlés avec la police, alors que lui a sans cesse été harcelé. Il m'entraîne au fond de son atelier; il devine que je ne le dénoncerai pas. Il me déballe sa collection. Il y en a pour tous les goûts. Des grosses, des filles pas très jolies, des gamines, et aussi des hommes et des garçons. Des filles de dos, beaucoup de fesses, beaucoup de croupes larges, il doit avoir fourni des idées pour les *Baigneuses*. Plus on descend dans le genre moins les filles sont jolies. Et enfin, des entrejambes. Oui, il a fourni Courbet. Parmi toutes celles qu'il me montre, oui, il y en a une qui ressemble à *L'Origine*… C'est presque le même cadrage : un ventre de femme, pas de bras, pas de buste, pas de visage. J'achète la photographie, la glisse dans une poche de mon habit.

De retour chez moi, j'invite mes amis, Goncourt, Dumas, Gautier, et je leur montre ma trouvaille. Pour Dumas, on a là la preuve que Courbet est un pornographe, et le contraire d'un artiste; un homme qui trouve son inspiration dans les lieux les plus infâmes; un copieur de photographies, qui se contente d'étaler de vilaines couleurs sur une toile, blanc sale, rose malsain tirant vers le verdâtre, brun douteux, là où les grisés de la photographie nous épargnent les détails sordides.

Mais Gautier n'est pas convaincu: "Bien sûr, la pose est la même. Et peut-être même s'agit-il de la même femme... Je peux imaginer une Constance ruinée, contrainte de poser pour Belloc après avoir posé pour Courbet... ou une Constance pas encore connue, qui doit payer son loyer, ou dont le buffet est bien vide, et qui pousse la porte du sire Belloc pour faire mijoter un mironton. Voilà un sujet pour toi, Edmond. Et pourtant! Combien *L'Origine* diffère de cette photographie, laide et sans esprit."

Gautier prend la photographie que Belloc m'a vendue bien cher; il nous explique, comme habité par le souvenir du tableau:

"Ici, les jambes pendent bêtement. Le drap n'est pas froissé, mais a été disposé avec soin avant la séance de pose, et les dentelles ont été mises en évidence, elles étalent leur propreté vendeuse sur ce qui semble être une table. On dirait une nappe d'autel, Dieu me pardonne. La fille a gardé ses bas et relevé son jupon. Tout cela ressemble à un troussage rapide, avec la peur d'être surpris par la maréchaussée. Et puis elle pose de face et non avec ce petit décalage qui caractérise *L'Origine*. Elle se montre: on est entre l'imagerie médicale et le voyeurisme pornographique; la photographie hésite entre les deux comme entre deux clients. Ça sent la faim, cela n'a aucun esprit. Vois-tu, peut-être Courbet a-t-il trouvé l'idée de son cadrage dans cette photographie. Mais il y a autre chose, Maxime; il n'a pas copié cette polka, ou alors, il l'a transformée. Transfigurée, même. Courbet a pu voir ces photographies, mais *L'Origine du monde* dit autre chose. Belloc est un voyeur, mais Courbet est un peintre. Un peintre que je n'ai pas toujours reconnu. Mais quand le Turc m'a dévoilé son tableau! Quelle révélation. Ce n'est pas tant la nature de la femme qu'il m'a dévoilée, en ouvrant les rideaux verts qui dissimulaient la toile. Ma reine de Saba ne m'avait rien laissé ignorer de tout cela. Ce que m'a révélé le Turc, c'est un artiste. Jusqu'alors, je m'étais moqué de ses baigneuses, de ses enfants vieillis avant l'âge, de ses paysans au regard plus terreux que leurs mains. Et là, je voyais autre chose, que le Turc lui-même semblait ignorer. Pour lui, ce tableau était un jeu érotique. Pas pour moi.

Cette œuvre échappait à toute pornographie. Par son cadre d'abord, qui l'isolait du reste du monde, et en faisait une œuvre d'art, un geste n'ayant de signification qu'en lui-même. Devenu œuvre d'art par la magie d'un cadre, le sexe du tableau était aussi devenu intouchable, interdit. Ce sexe, qui appelait les caresses, les baisers, un autre sexe, des mains, des doigts, une bouche, était fait pour être touché, mais sa représentation ne pouvait plus l'être. Khalil-Bey l'avait serti d'un cadre incongru, ouvragé, contourné, bourgeois, doré, fleuri et chantourné, contrastant parfaitement et jurant même avec ce qu'il préservait, présentait, sacralisait. Et ce titre ! Il proclamait que le sexe n'est pas que le sexe, qu'il a quelque chose de sacré. J'étais hypnotisé, pris au piège de cette image interdite.

Le tableau avait quelque chose de la Gorgone. J'ai souvent vu Méduse dans mes cauchemars, avec sa chevelure de serpent, sa face contractée, sa bouche hurlante, ses yeux écarquillés qui pétrifient, immobilisent le voyageur imprudent. L'aventurier s'arrête, son sang se glace dans ses veines, il devient une statue de pierre. Seul Persée affronte Méduse, et la vainc en ne l'affrontant pas ; il ne regarde pas le monstre directement, mais dans le reflet de son bouclier. Ou alors, il lui tend ce bouclier, elle se voit, elle en meurt. Il lui tranche la tête, son sang noir inonde la terre, et il en naît des monstres. Je me sentais plus impuissant que Persée. J'étais médusé. Je repensais à tous ces tableaux de maîtres, à ces grands Italiens qui avaient peint la Gorgone, cette femme réduite à un visage hurlant, et dont on avait oublié le sexe. Là, cette femme allongée ne montrait que son sexe ;

son visage était invisible. Et pourtant, ces deux femmes se ressemblaient. Le visage de l'une était comme le sexe de l'autre. De la femme sans visage, on devinait pourtant la personnalité. Alors, j'ai compris : ce tableau était bien un portrait.

Où est ce tableau désormais ? Il ne figurait pas dans le catalogue de la vente aux enchères que je préfaçai. Lorsque je demandais à Khalil-Bey ce qu'il en ferait, lorsque je lui fis comprendre que je pourrais me porter acquéreur, il cligna de l'œil. Que voulait-il dire ? Comptait-il emporter ce tableau avec lui, avec les quelques effets qu'il avait pu sauver de la débâcle ? Ou l'avait-il cédé à un ami, vendu sous le manteau à un collectionneur ? Le tableau a disparu, comme notre Ottoman. Ce tableau me manque. À lui, il ne manque rien. *L'Origine du monde* est certes privée de tête. Mais elle est universelle, elle devient une allégorie, elle représente toutes les femmes, la femme, la vie, et l'espèce. Alors oui, cette peinture n'a rien de personnel, et elle peut faire penser à une planche anatomique, à une photographie pornographique. Pourtant, il y a plus d'individualité dans cet entrejambe que sur tous les visages des odalisques d'Ingres. Ces dernières ont les yeux fermés, ou ouverts, mais vides. Il n'y a rien derrière. Alors que ce sexe entrouvert laisse deviner un ventre, un corps qui palpite, un plaisir possible, une vie, une personnalité, une intériorité. L'intériorité d'un corps et d'une âme. Ce sexe nous regarde et nous dévisage. Il est véritablement un portrait. On devine une héroïne. La force de l'espèce qui veut rester en vie et se reproduire, est aussi la force du modèle, sa joie de vivre, son rayonnement, sa grâce face à l'adversité. Je retrouve son caractère, obstiné, franc, courageux, généreux, les obstacles qu'elle surmonta, sans se plaindre, sans jamais être une victime. Et ce sexe a des lèvres, donc il parle. De ses amants, de la jouissance qu'il a donnée et reçue, de l'amour et des caresses. Et contrairement aux polkas, aphasiques pour l'éternité, il a beaucoup à dire."

XIV
Où un royaliste catholique aide un socialiste à peindre des pommes

Mais Dumas fulmine. “Il n’y a que toi, Théophile, pour dialoguer avec une femme sans tête. Comment peux-tu aimer ce tableau, le plus laid de ceux de Courbet, toi qui te moquais de ses femmes sans anatomie, monstrueuses et difformes ? Je hais Courbet, c’est vrai. Mais il y en a un que je hais plus encore : Paul Durand-Ruel, le marchand d’art, son protecteur.”

Je le laisse parler. “Courbet est une saleté, une glaire, une fausse couche. Mais avec lui on sait à quoi s’attendre. Son ignominie ne surprend pas, puisqu’en lui elle est partout : dans sa grosse et grasse personne, dans ses actes, dans sa peinture. Le bonhomme est cohérent. Mais Paul Durand-Ruel ! il est catholique, il va à la messe tous les jours. C’est le bourgeois accompli, le fils de famille, qui hérite et fait fructifier le commerce de ses parents ! C’est un royaliste ! Il pleure la mort de Louis XVI, il vénère la mémoire de la duchesse de Berry, il honnit la République. Et il allait porter des confitures à Courbet en prison ! Il cache chez lui *L'enterrement à Ornans* puis va communier ! Je sais qu'il est allé le voir en prison, il lui a tenu la main, lui a apporté pinceaux et huiles et a même voulu soudoyer des geôliers pour faire entrer des modèles à Sainte-Pélagie. On a échappé à un beau portrait : *Les Pétroleuses en visite*… Il se contentait de peindre des pommes et des poires ; c'est déjà trop, j'ai la nausée en imaginant son panier défraîchi. Savez-vous que Courbet a été condamné ? L'imbécile avait proposé de rembourser de sa poche les frais de la destruction de la colonne Vendôme. Le tribunal l'a exaucé, le président Mac Mahon a applaudi. Comme quoi, il ne faut pas trop désespérer de la République. On m'a dit que Durand-Ruel engageait Courbet à peindre une toile par jour, transformant notre artiste en ouvrier. Et qu'il a racheté toutes les toiles de Courbet qui traînaient à Paris, dans son atelier et ailleurs, pour lui permettre de payer ses dettes. L'animal garde le sens des affaires : il paraît qu'il les revend toujours deux fois plus cher qu'il les a achetées. Il aide son ami, à condition de faire un confortable bénéfice. Marchand d'art, soit, mais marchand avant tout."

Je m'en vais donc trouver ledit marchand ; il est rentré chez lui, *at home*, après un exil londonien, ayant eu le flair de protéger sa personne, sa collection et ses biens des prédations prussiennes. Je le trouve dans sa galerie, au milieu des Corot, des Daubigny, des Manet, et d'autres encore, que je ne connais pas.

“Voici une toile de Monet… Regardez cette neige de Pissarro, on dirait que les bottes s'y enfoncent. Ce corbeau, seul, sur une barrière, entre deux champs enneigés… On dirait qu'il a trop froid pour s'envoler, ses ailes sont engourdies. Et là, Sisley, un Anglais installé chez nous ; il peint la Seine, le soleil sur ses clapotis, sous ses ponts."

Je lui fais remarquer que Courbet est bien démodé auprès de ces nouveaux venus qui peignent avec taches et points. Démodé, et – la Seine de Sisley m'incite à charger la barque –

impie, athée : comment lui, Durand-Ruel, homme de goût, homme d'honneur, peut-il… Mais l'homme du devoir m'interrompt et me conduit devant une petite toile :

“Courbet est peut-être athée, mais il a une âme. Et une âme angoissée. Regardez ces trois truites et ces saumons. Elles sont pendues par les ouïes, elles suffoquent, sorties de l'eau, elles souffrent. Un homme sans cœur, sans âme, pourrait-il peindre cela ? Et celle-ci, se débattant de tous ses muscles sur la pierre, les écailles encore brillantes, misérable, et l'œil qui supplie ! Il les a peintes en prison, et en Suisse, où ces imbéciles de Versaillais l'ont contraint à s'exiler. Il est ruiné, seul, malade. Il est pris aux ouïes lui aussi, par les dettes, la méchanceté humaine, le désespoir. Savez-vous qu'il a été arrêté rue du Saumon ? Je lui achète toutes ses toiles, je l'aide. En prison, je lui apportais des fruits pour qu'il les peignît ; la mesquinerie de ses geôliers était infinie, jamais ils ne permettaient qu'entre un modèle ! Mais il y a de la sensualité dans ses pommes, ses poires et ses coings énormes, ses grappes trop lourdes, lassées de porter des grains qui sont déjà du vin capiteux, il y a du désir dans ces grenades trop mûres, qui éclatent de trop de sucre, s'entrouvrent et laissent voir leurs grains. Il est en prison, vous êtes libre, et c'est vous qui éprouvez le manque, le désir de ces grains absents dans votre bouche.

Courbet est *mon* artiste. C'est mon devoir de l'aider. Il est républicain ? il est athée ? socialiste ? À cette liste de tares vous pouvez ajouter talentueux. C'est cela qu'on ne lui pardonne pas. Notre époque aime les médiocres, les suiveurs, les académiques, les braves gens. Mais ni Courbet ni moi ne sommes de braves gens.

Vous me dites qu'il a peint un *Enterrement à Ornans* où le curé est laid, et où on voit deux révolutionnaires. Depuis quand les curés jurassiens sont-ils beaux ? Courbet est le plus grand peintre religieux de notre temps. Il est même plus que religieux :

il sait ce que c'est que le sacré. Et c'est parce que notre époque est triviale, petite, sans grandeur, qu'elle est médusée par les tableaux de Courbet. Génuflexions, confessions, tous ces rites tristes qu'on recommande surtout aux bonnes femmes, tout cet art de ne pas vivre, de vivre tristement, dans la contrition, nous nous y entendons très bien. Et chez les braves gens, on aime les communions parce qu'il y a un banquet après. Mais je ne vois là rien de sacré. Il y a plus de sacré dans cette truite qui veut vivre, désespérément, et dans cette femme de *L'Origine*. Je n'ai jamais vu le tableau achevé. Je ne l'ai vu qu'ébauché, dans l'atelier de Courbet. J'ai vu l'origine de *L'Origine* !

Mais je ne peux pas vous parler de la fille qui posait. Je n'ai pas fait attention à elle. Elle ne m'a pas marqué. Courbet était entouré de femmes, il aimait leur compagnie. Il aimait sa mère, ses sœurs, ses amantes, il était sentimental. Jeune, il s'était représenté blessé, le cœur saignant, comme frappé d'une balle, parce que sa maîtresse l'avait quitté. Il lui fallait des amies, des modèles, des maîtresses ; cette femme dont vous parlez a sans doute été un peu tout cela ; mais ne lui accordez pas trop d'importance, d'après moi, elle n'a fait que poser, et si elle ne l'avait pas fait, une autre aurait fait l'affaire. Il aimait beaucoup Jo Hiffernan, pour sa chevelure rousse, une cascade d'or et de soleil. Ce n'est pas en cherchant le modèle que vous comprendrez quoi que ce soit à ce tableau. C'est en essayant de comprendre Courbet, et en regardant ses toiles avec les yeux grands ouverts. Mais je vois, à votre moue, que vous ne l'aimez pas.

Courbet ne cherchait pas l'origine du monde en ouvrant un livre sacré, mais entre des cuisses entrouvertes. Chez lui, l'invisible est dévoilé. De là la terreur religieuse qui s'empare de nous face au mystère. Est sacré ce qui a été touché par un dieu. Le contact avec le dieu vous souille ou vous purifie. Il vous isole, en tout cas. L'homme touché par un dieu n'appartient plus à la communauté des hommes. Les vestales, les temples, les seuils et les frontières, les monstres et les criminels sont sacrés. L'impur et le pur relèvent de cette même catégorie. Un frémissement s'empare de ceux qui s'en approchent. Ils sont saisis par le sublime ou l'effroi. Leurs cheveux se dressent sur leur tête, le battement de leur cœur change de rythme. Un frisson parcourt leur échine. C'est exactement ce que j'ai éprouvé face à *L'Origine du monde*. J'ai été saisi par la vision de ce qui est interdit, ce qui devrait être soustrait à nos yeux profanes. Ce tableau nous rappelle que franchir le seuil d'une femme, entrer dans le temple qu'est un autre corps, n'est pas un geste anodin, mais a quelque chose de sacré. Mon saisissement était redoublé, du fait que Courbet était en train de peindre : j'assistais à une naissance, une création, quelque chose de sacré, là encore. Je me suis retiré sur la pointe des pieds.

Cette fente a quelque chose d'une mandorle, ce nimbe ovale, en forme de flamme, qui parfois ceint la tête du Christ. Cette fente suggère un feu intérieur, une chaleur intime, un en-dedans. Les orthodoxes croient que le visage du Christ s'est imprimé sur un linge avec lequel Véronique l'essuya. Le corps du modèle ne s'est pas imprimé sur ce drap. Il y a laissé des plis, son odeur, l'odeur d'une nuit amoureuse. L'œuvre a quelque chose des Vierges ouvrantes. Elle rappelle ces vierges en bois, rigides, assises toutes droites sur un trône, vêtues de velours rouge et doré, qui ne sourient pas, dont le corps s'ouvre comme une boîte et dévoile une relique, un trésor, un secret, un message, parfois la statuette d'un petit Christ enfant. Le dispositif est simple, primitif, et le message théologique, vertigineux. Là, le corps s'entrouvre, mais le message n'est pas dévoilé, il s'apprête à l'être.

L'Origine du monde rend au sexe sa dimension sacrée. Croyez-moi, on n'ose pas regarder ce tableau. Il n'est pas fait pour être accroché, exposé, il n'est pas décoratif. Il doit être caché, recouvert, puis dévoilé et ouvert comme s'ouvrent les retables et les corps des amants. Voilà pourquoi Khalil-Bey l'a, dit-on, dissimulé derrière un rideau ; il a bien fait. Pour voir l'origine du monde, ce mystère sacré, il faut écarter, soulever, faire coulisser ce qui l'occulte. Je voulais m'en approcher, regarder comment il était fait, comment étaient appliquées les touches, deviner de quel pinceau, de quelle brosse Courbet s'était servi, comment il avait utilisé les couleurs pour faire de la chair, repérer là où il avait étalé la couleur avec ses doigts, enlevé de la pâte avec son chiffon. Mais je ne saurais vous dire comment il s'est servi de l'incarnat, du jaune, du blanc et du gris. Tout ce que je peux vous dire, c'est que cette peau n'était pas rose. Non, j'ai reculé ; j'ai vu, mais je n'ai pas pu regarder. Je peux vous dire comment des points et des taches font un lever de soleil sur la mer, une meule de foin magnifiée par le soleil, un porche de cathédrale attristé par la pluie de novembre. Mais je ne peux pas vous dire comment est faite *L'Origine*. L'origine de toute chose est mystérieuse, religieuse, et donc nous échappe."

XV
Où notre narrateur commence à douter du goût de Constance pour les messieurs

Le plus mondain, le plus léger, le plus creux, le mieux renseigné, le plus cancanier des chroniqueurs parisiens, c'est Albéric Second. Curieux personnage, mêlant les vices d'un sous-préfet flatteur voire servile et d'un échotier payé à la ligne. Il regarde par les trous de serrure, écoute aux portes, rapporte ce qu'il voit et entend. Il a gratté pour tous les journaux se piquant de théâtre et a rassemblé ragots et confidences égrillardes dans des ouvrages qu'on lit avec plaisir et oublie aussitôt. Aurait-il du talent, qu'il pourrait rivaliser avec Gautier. Je choisis de l'attaquer sur le flanc du talent, et d'attiser sa jalousie envers ce rival ; je lui fais croire que Gautier perd la tête, et n'a pas grand-chose à me raconter sur Constance Quéniaux, qu'il ne sait rien, et que je suis heureux enfin de rencontrer le vrai, le seul connaisseur des coulisses de l'Opéra. Un flot de petites anecdotes tièdes s'écoule immédiatement.

“Oui, Constance a quitté la scène en 1859. Elle n'a plus pensé qu'à son Turc, du moins en apparence. Depuis, elle va tous les soirs dans le monde, et si elle a quitté la scène, elle a conquis la salle ! Il n'y a pas un soir où elle ne se soit montrée en grande tenue. Elle est l'une des femmes les mieux habillées de Paris. Pas la plus belle, pas la plus riche, mais des plus chics, des plus élégantes. Rien de trop ! Et puis, elle a été danseuse, et il lui en reste quelque chose : le maintien, la démarche, le port de tête. Elle accompagnait son Turc dans les cercles de jeu. On raconte qu'elle lui portait chance. Quand elle n'était pas là, il perdait. Elle-même semblait y croire. Lorsqu'elle a commencé, elle avait peur des jeteurs de sort ; comme toutes les filles de l'opéra, elle était superstitieuse. Puis, il a quitté Paris, et elle a continué à se montrer à l'opéra, au théâtre, au ballet, tous les soirs. Comment faisait-elle pour se montrer autant ? D'où venaient ses revenus ? de sa capacité à préserver, un peu, ceux des autres.

Ce qui retient l'attention, ce qui fait jaser, c'est qu'elle est toujours accompagnée de ses amies. Toutes des artistes, chanteuses, actrices, danseuses, mimes. Une cantatrice de Bruxelles, ayant fui sa morne Belgique où elle crevait d'ennui. Une ancienne mime de l'Ambigu, célèbre, il y a dix ans, pour ses apparitions à demi-nue – elle incarnait aussi bien la Vérité que Vénus. Une actrice de vaudeville, du même théâtre, qui faisait se gondoler la salle par ses œillades en coin et son accent faubourien, sorte de petite-nièce de madame Sans-Gêne ; elle est parfois accompagnée de sa mère, une vieille marionnettiste de l'Ambigu. Une autre actrice, qui donne, elle, dans le mélodrame, connue pour ses yeux larmoyants, sa voix tremblotante, qui a joué toute sa vie des victimes : orphelines, femmes abusées, veuves éplorées, mères courages. D'autres encore, filles ou compagnes de magiciens, figurantes, qui, aux Funambules, se produisaient dans des féeries et trempaient dans les affaires louches du mage Kardec ; des danseuses des Délassements Comiques, des chanteuses de l'Opéra-Comique. Et enfin Pauline Dameron, soprano, l'officielle d'Auber, dont elle chante avec abnégation les premiers rôles, car chanter du Auber, n'est-ce pas, quelle punition ! Le vieil Auber est tout de même passé de mode, ne trouvez-vous pas ?

Elles sont une petite dizaine, soudées, fidèles, amies. On les voit papillonner autour d'Auber, qui les invite dans sa loge, ou seules, sans homme : elles courent les spectacles, les promenades, parcourent le boulevard du Temple, descendent les Champs-Élysées. Ces femmes toujours ensemble, cela fait jaser. On se dit qu'Auber s'affiche avec elles toutes ensemble pour n'en supporter aucune, qu'il n'a pas le goût à cela, qu'il préfère la musique, qui le lui rend mal, ou les garçons, ou rien, et que Constance, chef de cette petite bande, n'aime pas trop les messieurs non plus, qu'elle préfère la compagnie de ses semblables.

D'habitude, les cocottes chassent en meute, cela leur permet de ramener du gibier, d'attirer des garçons avec leurs amis. Les cocottes ne sont pas amies, mais elles font alliance, elles se mettent en valeur les unes les autres, se rendent de menus services et se repassent leurs amants. Quand un se lasse, il va vers une autre, il n'a pas trop à chercher. Mais entre elles, c'est différent. Elles s'aiment bien, elles s'aiment beaucoup ! Constance plumait son pacha ottoman, elle lui soutirait tout l'argent possible, et elle en donnait à ses amies, surtout à Pauline, car Auber est pingre comme un rat. En ce temps-là, Constance faisait pleuvoir l'argent. C'est malheureux ; les femmes qui aiment les hommes meurent ruinées ou syphilitiques, et Constance, qui ne les aime pas, mourra riche, dans son lit et sans héritier. Non, moi, je me suis laissé dire que Constance n'aimait pas les hommes ; elle ne les haïssait pas non plus, elle les laissait faire, elle les observait, flattait leurs goûts et leurs manies. Il se murmure, dans les cercles où gravitent ces demoiselles, qu'elle a posé pour *L'Origine du monde*, mais avec indifférence. Je n'ai pas vu ce tableau, mais des amis me l'ont décrit. Ce dont je suis certain, c'est qu'elle a posé pour *Le Sommeil*. La brune qui enlace la blonde, c'est elle. La blonde, ou plutôt la rousse, c'est Jo Hiffernan, la maîtresse de Whistler que tout le monde appelait la Belle Irlandaise. Et croyez-moi, elle ne s'est pas fait prier. Khalil-Bey voulait quelque chose dans ce goût-là, c'était à la mode. Votre Gautier, qui se délecte des sylphides toutes pures, a aussi commis une *Mademoiselle de Maupin* nettement plus ambiguë. Et puis Khalil-Bey était à l'affût de toutes ces bizarreries. Sinon, pourquoi aurait-il acheté *Le Bain turc* à Ingres ? On a dit des horreurs sur *Le Sommeil*, et jamais sur *Le Bain Turc*. Ce dernier est infiniment plus cochon, les femmes d'Ingres sont des bêtes à plaisir. Une des femmes malaxe le sein de l'autre comme de la pâte à pain et l'autre a les yeux d'un veau satisfait qui a tété. Les femmes du *Sommeil*, au moins, dorment du sommeil du juste, elles n'ont rien à se reprocher. Elles sont pures, elles dorment à poings fermés, comme si elles s'étaient baignées toute la journée dans la mer. Si vous voulez savoir qui était Constance, regardez *Le Sommeil*. *L'Origine* ne vous dira rien, elle ne peut pas parler. Elle n'a pas de bouche, n'est-ce pas ? Ou alors, c'est une bouche d'un autre genre. Deux femmes endormies, nues, pâmées, une brune et une blonde, les jambes entrelacées, la blonde caressant la jambe de la brune, la brune enlaçant la blonde. Elles ont bu du vin dans le même verre. L'une a perdu son peigne. Le collier de perles de l'une s'est cassé pendant leurs ébats. Au second plan, dans un vase, des fleurs blanches et rouges déjà très épanouies et lassées plongent leurs tiges dans la même eau légèrement croupie. Mêmes coupées, elles sont magnifiques et s'efforcent de vivre encore, et d'offrir au monde leur splendeur finissante. Ce n'est pas là une nature morte. Ces fleurs veulent arracher au temps encore un peu d'intensité. Ces femmes veulent arracher à la nuit encore un peu d'amour après l'amour. Elles ne prêtent aucune attention au luxe qui les entoure, à la table en marqueterie, au verre et à la carafe en cristal coloré, au vase précieux, à la console aux montants de bronze doré. Mais elles ont bu le vin, capiteux, sucré, venu du sud de la Sicile. La brune a servi la blonde.

Khalil-Bey a assisté aux séances de pose du *Sommeil*. Je le sais de source sûre… d'une amie d'une de ces dames. Et puis il a demandé à Constance de poser pour *L'Origine* ; il croyait lui faire une demande exorbitante. Elle l'a laissé croire que cela l'embêtait beaucoup et elle lui a ainsi soutiré davantage de sous. Courbet avait du mal à trouver des modèles. Il était exigeant. Et puis il leur faisait prendre des poses qu'elles n'aimaient pas. Alors il devait se rabattre sur des filles des rues dont ce n'est pas le métier, elles ne savent pas tenir une pose. Il utilisait aussi des photographies érotiques. Il a tout de suite dit à Constance ce qu'il voulait, s'attendant à ce qu'elle proteste. Mais elle n'a rien dit, elle s'est allongée, elle a écarté ses cuisses, et elle s'est même endormie, comme une blanchisseuse harassée par les lessives, le froid du lavoir, le chaud des fers."

Ma foi, cette version-là me semble fort convaincante, et provenir, pour une fois, d'un fouineur bien renseigné. Je souhaite maintenant interroger d'autres demoiselles de l'Opéra, peut-être des rivales de Constance, qui n'auront pas envie de protéger sa réputation ; on m'a dit que Zina Mérante avait le caractère fort aigre.

XVI
Dans lequel Zina Mérante donne dans le mélodrame

Ma parole, elle se prend pour la tsarine de la Sainte Russie. Elle me reçoit sur une sorte de trône, et me désigne impérieusement, ou impérialement, je ne saurais dire, un pouf dans lequel je m'enfonce et la contemple. C'est que cette Zina Mérante dont le nom sonne français et le prénom italien est née Zénaïde Richard et a commencé sa carrière à Saint-Pétersbourg. Elle est aujourd'hui la digne épouse de Louis Mérante, le chorégraphe qui règne sur l'Opéra, et la non moins sévère répétitrice de la classe des Sujets. Gautier m'a fait répéter, afin que je ne commette pas d'impair ; mais les grands airs de cette Zénaïde ne me trompent pas. Je sais qu'elle a connu Constance, qu'elle a dansé *Le Trouvère* et *Le Diable à quatre* avec elle, qu'elle pourrait m'en dire long sur elle. Comment vais-je aborder le sujet qui m'amène ? Vais-je lui parler du Caire ? J'en ai photographié les pyramides, les sphinx et les bordels, et elle s'y est produite ; elle rêvait sans doute de palais des Mille et une nuits et a dû déchanter en découvrant les bastringues orientaux et les punaises de lit égyptiennes, dont je sais désormais qu'elles sont moins goulues que les consœurs de cette danseuse qui se donne des airs. Je choisis de la flatter et de louer sa carrière, j'égrène ses succès, j'évoque cette autre danseuse, moins connue qu'elle, moins brillante, moins talentueuse, et la différence était d'autant plus marquante qu'elles avaient dansé ensemble, cette danseuse moins artiste, mais qui a inspiré un artiste, enfin, qui a inspiré Courbet. Elle me coupe, ce qui signifie qu'elle connaît le tableau, ou en a entendu parler, elle lève des yeux éplorés au ciel et lance ses deux bras en avant dans un geste théâtral. Tiens, elle aussi, elle devait être bonne en pantomime. "Oui, la malheureuse Constance était blessée… Depuis 1858, son genou la faisait souffrir. Une mauvaise chute, un danseur maladroit avait raté son porté. Et puis, Constance avait du talent, mais elle manquait tout de même de technique, son en-dehors n'était pas parfait, et ce défaut avait affecté toute sa jambe, son genou était fichu, mou, sans ligament."

Elle soupire, elle verserait presque une larme et si elle n'était pas aussi impériale, elle reniflerait.

"Oui, Constance ne pouvait plus danser ; plus de danse, plus de cachet, plus de loyer, la rue, monsieur !" Elle roule des yeux égarés, elle est en plein mélodrame. J'aperçois derrière elle, dans un panier, un exemplaire de *La Presse* ; le feuilleton larmoyant, entre deux chroniques de l'ami Gautier, voilà sa source d'inspiration ! "C'est là l'enchaînement fatal, la débine qui expliquent comment elle a accepté de poser pour ce… ce pornographe, ce Courbet. Elle avait besoin d'argent ! Les traites, monsieur, les traites !" Elle n'eût pas prononcé le mot *traître* avec moins d'indignation, moins de pathétique.

Bonne danseuse, mais mauvaise actrice. Je choisis d'aller voir Céleste Emarot qui, elle aussi, dut croiser Constance Quéniaux. Une danseuse sans talent, de l'avis de tous ; mais peut-être une femme sincère.

XVII
Où la mal nommée Céleste Emarot fait l'éloge funèbre de sa fille en papillon

"Moi aussi, monsieur Du Camp, j'ai été danseuse..." Elle a à peine ouvert la porte que je sens qu'elle ne me dira rien sur Constance. Ou alors, elle ne me dira que quelques phrases, après avoir parlé longtemps d'elle, et de sa fille. "Ma fille, voilà, elle, elle avait du talent. C'était une fée, un papillon." J'entre, et je découvre un petit appartement, une pièce, où cette grosse femme au deuil lourd dort, mange, et célèbre un culte : celui de sa fille, Emma Livry, morte brûlée vive, transformée en torche vivante pendant une répétition de *La Muette de Portici*. Un opéra d'Auber, avec des intermèdes dansés, n'est-ce pas ? Et Constance n'était-elle pas une des meilleures amies d'Auber, une de ces quatre femmes qui le suivaient partout, curieuse bande qui intriguait Paris ? Pourquoi Auber, qui ne s'était jamais marié, ne sortait-il qu'accompagné de ces quatre femmes, dont Constance, jamais mariée elle non plus ? Mais Céleste Emarot balaie tout cela d'un geste de la main. Auber lui est indifférent, à cela près qu'il a composé cet opéra étrange, dont le rôle principal est tenu, non par une cantatrice, mais par une danseuse. Une femme qui ne parle pas, qui ne peut pas parler – et elle, elle ne veut pas parler, pas de Constance en tout cas. Mes yeux s'habituent à l'obscurité, et je vois les murs tapissés de gravures, de lithographies, représentant sa fille Emma, et d'articles de journaux. "Moi, je n'avais pas de talent, monsieur Du Camp. Savez-vous qu'un journaliste me qualifia de 'grosse inutilité'? Je n'avais pas de taille, j'ai tout de suite été grosse. Je n'avais pas de technique. Mais j'ai accepté de montrer mes jambes, de monter sur scène, parce que ma mère me l'avait demandé. Je venais de Dijon. Je ne connaissais même pas la danse. Mais on apprend vite deux-trois choses quand on a faim, on fait illusion. J'étais une *marcheuse*, j'étais dans le corps de ballet. Je n'ai jamais été soliste, mais j'ai eu un protecteur, c'est tout ce que j'attendais ; il était très riche, c'était le baron Charles de Chassiron. J'avais seize ans. Alors on a un peu parlé de moi. On m'a même dessinée !"

Elle pointe du doigt une gravure épinglée au-dessus du buffet, une gravure jaunie environnée de quinze autres. On y voit des ballerines toutes jeunes et jolies et des hommes en grand habit. "Regardez, c'est Eugène Lami qui a fait ça." Elle pointe un gros doigt sur la deuxième fille en partant de la gauche. "Là, c'était moi. Et là, à côté, Fanny Elssler, la Guimard, mademoiselle Maria. Et eux, c'est le directeur de l'Opéra, le docteur Véron, et puis Coralli, le compositeur. Là, voici Musset, Halévy, et là Duponchel, il a succédé à Véron." Elle n'est pas peu fière d'avoir posé parmi ces célébrités.

"Oui, Chassiron. Et ce fut lui, le père d'Emma. Le père, c'est vite dit. Il nous a abandonnées, et c'est un autre, le vicomte de Montguyon, qui a pris soin d'Emma. Il l'a mise dans une pension, une pension chrétienne, comme-il-faut. Mais elle aimait la danse. Comment, je ne sais pas, moi qui en faisais n'aimais pas trop ça. Mais elle, ça la tenait, ça la démangeait, et puis elle était douée, tous ses professeurs me l'ont toujours dit. Et elle ne pensait ni à l'argent, ni aux hommes ! Elle croyait que la danse était un art. Un art ! Comme la musique, ou la peinture. Ou la poésie. La pauvre gosse. Elle était bien la seule. Je ne suis même pas sûre que de mon temps, le directeur de l'Opéra ait pensé une seconde que la danse fût un art. Vous avez entendu parler du docteur Véron, celui de la gravure ?"

Oui, j'en ai entendu parler. Mais je la laisse parler.

"Alors lui, il pensait que la danse, c'était joli, c'était un divertissement. Les gens venaient là pour voir de belles choses. Et les hommes, pour voir des femmes, des filles, pensez-vous. Des jambes. Alors il a eu une idée de génie. Et c'est là-dedans que ma fille a mis les pieds."

Elle me montre une lithographie qui représente sa fille. Une maigrichonne, au visage tristounet, tout allongé, un visage ingrat de petite souris grise, les bras croisés sur la poitrine – Gautier m'a tout expliqué, je sais que ce geste signifie la chasteté. Je m'extasie. Une fille tout en os, sans poitrine, pas jolie du tout. Je repense aux chansons que m'a chantées Gautier : sa mère était un gros rat, son père *un chat si rond*, comment la Livry peut-elle être si légère ? Je regarde les images clouées sur le papier peint. Toutes d'un genre niais, naïf. On y voit une jeune fille suspendue en l'air, en tutu blanc, avec de petites ailes dans le dos, des ailes de papillons, des ailes de fée.

"Mais toutes ces images-là, monsieur, ça ne donne pas idée de ce qu'elle était. Parce que vous auriez dû la voir danser. Les images, ça fige. Je les garde pour avoir un souvenir, parce que c'est mieux que rien et qu'elle a trop souffert. Mais le mieux, c'est que je vous lise, attendez.

Elle farfouille dans un tiroir tout en me parlant. Elle me raconte comment sa fille a été remarquée, tout de suite, par la Taglioni elle-même, et que sitôt embauchée, elle a repris ses rôles. À seize ans. Elle sort une coupure de presse. Elle me la lit, mais en fait elle la connaît par cœur. Elle veut sûrement me prouver qu'elle n'invente pas et que tout est écrit, que tout est vrai : "*Elle a une taille élancée, de beaux yeux, la vivacité du sourire, qui est le carquois des danseuses, et surtout la forte volonté de l'artiste, la verve, le feu sacré, l'ambition servie par la puissance des moyens. Elle a une élévation des plus remarquables ; ses bonds sont prodigieux, et pourtant sa danse se distingue par la simplicité et la décence ; on ne peut donner une idée de cette légèreté, de cette élégance, de ces pointes rapides et précises.*"*

"Hé, monsieur, c'est cette décence qui l'a tuée ! Si elle avait été comme toutes les autres ! Oui, la Sylphide, c'était elle. Elle était pure ! elle volait comme une fée. Alors, Marie Taglioni a chorégraphié un ballet pour elle. Vous vous rendez compte ? la seule chorégraphie qu'elle ait jamais faite. Ça veut bien dire quelque chose, quand même. Et même, c'était Offenbach qui avait composé la musique. Ça s'appelait *Le Papillon*. L'histoire était jolie, vraiment. L'histoire d'une princesse d'Orient, transformée en papillon par une méchante sorcière. Alors pour se marier avec son prince, elle brûle ses ailes à la flamme d'une torche nuptiale. Elle devient une femme ! Et elle se marie ! Écoutez ça. C'était en 1860. Elle faisait si bien le papillon, on aurait dit qu'elle volait." Elle agite devant moi ses coupures de journaux. "*Le Siècle* écrit : '*On n'entend pas le bruit de ses pas…*' et là, *Le Ménestrel* : '*Elle voltige sur les eaux des cascades, elle se pose sur les fleurs sans en courber les tiges, effleure de ses ailes diaphanes les odorantes plates-bandes…*' *L'Europe artiste* disait… heu… '*Un ballet qui se recommande par le sentiment féminin qui y domine où s'illustre enfin une artiste typiquement française*.' Oui, parce que, monsieur Du Camp, c'était la mode des Italiennes. Elles venaient toutes de Milan, les bonnes danseuses. Des danseuses françaises, il n'y en avait plus. Des danseuses de talent, j'entends. Et puis les Italiennes, elles faisaient des façons. Elles étaient excentriques, elles faisaient des prouesses. Elles avaient été à bonne école, elles savaient le métier. Alors que ma fille, elle, sa danse, c'était de la poésie. Les journalistes le disaient. Vous êtes un ami de monsieur Gautier, n'est-ce pas ? C'est lui qui vous envoie ? Quelles jolies choses il a pu écrire sur elle. Sur sa danse, *un art immatériel* qu'il disait, avec *une réserve décente, une virginale diaphanéité**. Et il disait aussi que de son vivant, elle ressemblait à une ombre heureuse… C'est joli, mais c'est triste, de savoir que vivante elle ressemblait déjà à une ombre. C'était peut-être son destin de finir ainsi. Une danse noble, pure, pas du cirque, pas des exploits. De la grâce. Des sentiments. Et même, les critiques disaient, une danse décente, comme-il-faut." Cette grâce, je ne la retrouve pas dans les gravures qu'elle me montre, mais j'écoute, et je la crois. Je vois un costume ridicule avec de petites ailes de papillon dans le dos, superfétatoires, puisque le public devait bien voir qu'elle volait.

"Et puis, en 1862, elle a été choisie pour *La Muette de Portici*. Oui, un opéra ! Mais elle faisait un rôle muet, Fanella. Une fille pauvre, aimée par le vice-roi de Naples. Et la sœur d'un rebelle. À la fin, la fille se jette toute vivante dans le Vésuve, parce qu'elle est trop malheureuse. Je crois qu'à sa création, cet opéra avait un peu fait scandale, c'était contre le roi. Un vieil opéra. On n'aurait pas dû le jouer ! Parce qu'Auber, voyez-vous, en 1862, il n'était plus trop à la mode. Ça aurait évité bien des malheurs. Elle répétait. Et elle est passée trop près d'un des becs de gaz qui éclairait la scène, à ras du sol. Je n'étais pas là, c'est un pompier qui m'a raconté. Son jupon a pris feu tout de suite. Il avait beaucoup de volants, l'air passait au travers, et la gaze ça s'enflamme vite." Je repense à la mère de Constance, ouvrière gazetière. Est-ce qu'elle l'avait mise en garde contre ce type d'accident ? Est-ce qu'elle savait, elle, que la gaze prend feu si facilement ?

"Elle aurait dû se débarrasser de son costume. Mais elle s'est enroulée dans un châle qui traînait là pour ne pas apparaître nue en public. C'est ça qui l'a perdue. Quand le feu a pris, elle a hurlé de surprise, de douleur. L'Opéra a appelé un médecin. Il n'a pu que constater les plaies, elle en avait partout, sur les cuisses, les hanches, le dos, le ventre, les épaules et les bras. Seul son visage était intact."

Je regarde l'illustration de la catastrophe, faite pour un journal, qu'elle me tend. On voit une jeune femme courir, comme vêtue de feu, dans un décor pittoresque, avec au loin le Vésuve qui jette un panache de lave et de fumée. On ne dirait pas qu'elle souffre, qu'il s'agit d'un accident. Si les autres comédiens ne s'éloignaient pas d'elle en courant, on aurait l'impression que cette fille de feu est un personnage de l'intrigue et que l'amour l'a embrasée.

"C'est sa bienfaitrice qui l'a tuée, peut-être. Parce que Marie Taglioni était là, elle assistait à toutes les répétitions d'Emma. Elle a conseillé de mettre de l'huile sur les plaies, il aurait au contraire fallu les faire sécher. On l'a transportée chez moi. Son corps n'était qu'une plaie. Il a fallu arracher des lambeaux de son costume qu'on n'avait pas pu découper, ses chairs avaient fondu dedans. Tout était collé. Elle est restée comme ça, sur le ventre, dans un lit, plus de cent jours, immobile, la peau toute noire. Je n'aurais jamais cru qu'un tutu si blanc puisse faire des croûtes comme ça, toutes noires, dures comme des écailles. Je crois même qu'elle ne saignait plus."

Je rêve au destin de cette pauvre fille. Que penser de ce rôle tragique de muette, de victime, celui de Fanella, qui se jette dans un volcan, qui préfère mourir brûlée vive, sertie de lave, plutôt que de devoir choisir entre son frère et son amant? On lui fit jouer la *Sylphide*, une créature sans corps, qui ne pèse rien, qui ne jouit pas, ne souffre pas. Alors qu'elle se retrouva emprisonnée dans ce corps souffrant. Puis un papillon, léger, inconséquent, une créature sans cervelle, qui ne vit qu'une journée, qui n'a pour lui que sa grâce, elle qui finit comme exhibée derrière un verre, clouée par sa souffrance, offerte à la curiosité des lecteurs. Ils avaient vu ses jambes, ils assistaient à son agonie, racontée avec une complaisance malsaine par les journaux. Son agonie était un spectacle, chroniqué au jour le jour par les plumes en vue. J'avais lu, moi-même, un récit dans *Le Nain jaune*, en 1863 : *"Elle resta cent trente et un jours couchée sur le ventre, les bras étendus, sans mouvement. Son corps n'était qu'une plaie. On exprimait du jus de citron sur ses chairs vives, on les égalisait en les coupant, pour éviter les coutures…"* Brutalement, je suis saisi par la bêtise du livret du *Papillon*. Une femme brûle les ailes qui l'arrachent à la pesanteur du monde pour épouser un imbécile. Elle ne souffre pas, elle se débarrasse de ses ailes comme d'une chose qui la gêne, elle préfère rester sur terre, faire de la potée et tenir un cahier de compte avec son crétin de prince – un boutiquier, sans doute, un quincaillier, un bon parti – plutôt que de prendre son envol. Alors que tout ce que me dit sa mère me suggère qu'Emma était une artiste romantique, éprise d'absolu, dévouée à son art, qu'elle n'aurait pas voulu se marier, avoir des enfants, renoncer à la scène, et qu'elle serait morte plutôt que de renoncer à ses ailes. Comment Marie Taglioni, elle-même artiste, a-t-elle pu cautionner un livret aussi inepte ? Comment n'a-t-elle pas compris qu'un papillon sans ailes n'est plus qu'un ver grotesque qui se tortille ? Ce qu'au fond, la malheureuse Emma est devenue, clouée sur son lit de douleur. Marie Taglioni voyait en Emma son héritière, elle lui tenait la main lors des saluts ; et elle pensait que *Le Papillon* prolongeait *La Sylphide*. Erreur : *Le Papillon* trahit *La Sylphide*. Il ne suffit pas qu'un ballet se danse sur pointes dans un tutu blanc pour être une œuvre romantique. Dans *La Sylphide*, James attrape sa belle, veut lui ôter ses ailes, ce qui la tue. On ne possède jamais l'objet de son désir. Il ne faut jamais toucher les papillons, la peau de nos doigts emporte cette poudre qui les aide à s'envoler. *Le Papillon* est une œuvre triviale et lourde bien qu'Emma y ait multiplié les arabesques et les entrechats. La femme y renonce d'elle-même à ce qui l'élève et la suspend au-dessus des saletés du monde, de la crasse du temps qui passe, des matins moroses, de l'amour qui s'en va, des mioches qui hurlent et de la lessive à faire. Il a fallu que la plus grande artiste romantique de son temps compose ce tombeau du romantisme.

"Non, cette Constance, elle, elle n'avait pas le talent de ma fille. Je l'ai parfois vue danser. J'ai quitté l'Opéra en 1842, quand ma fille est née. Constance, elle y est entrée en 1847. Mais elle et ma fille ont dû s'y croiser, brièvement, vers 1858. Ma fille est entrée à ce moment-là, et Constance partait en 1859. Ma fille ne m'en parlait pas. Je l'ai vue à une répétition. Savez-vous que le contrat de ma fille précisait qu'elle ne devait danser que des rôles de soliste? Et qu'elle fut immédiatement première danseuse? Non, Constance, à ce moment-là, était déjà vieille, on ne lui confiait plus de rôle de soliste. Peut-être un esprit dans *Sacountala*, ou une ménade dans *Les Bacchantes*. Ma fille, elle, elle était déjà la Sylphide. Mais elle a été généreuse. Parce que, voyez-vous, ces chiens de l'Opéra, ils sont venus à l'enterrement. Tous les directeurs étaient là, habillés de noir, et les directeurs de la danse, les journalistes, son professeur madame Dominique, et ses amies du corps de ballet, et les rats. Les petiotes pleuraient. Tous parlaient de son talent, et de sa vertu, regrettant de ne pouvoir l'imiter en rien. Mais ces chiens, oui, ces chiens, après l'accident, ils ont refusé de payer à Emma son salaire. Elle ne dansait plus. Ah non, elle se tordait sur son lit, mais elle ne dansait plus. Et ils ont même dit qu'elle était morte par sa faute, qu'elle aurait dû ignifuger son tutu. Ils ont produit une lettre signée de sa main, où elle disait qu'en cas d'accident, si son tutu prenait feu, elle serait la seule responsable. Cette lettre, ils me l'ont montrée alors qu'elle n'avait plus sa conscience. Un homme est venu exprès, depuis Paris, il m'a montré la lettre. Moi j'étais dans les pommades, les pansements, je changeais son linge, parfois sa peau y collait. Alors la lettre, je l'ai à peine regardée. Qu'elle n'ait pas voulu ignifuger son tutu, oui, elle voulait être si belle sur scène, si blanche! Mais qu'elle ait employé ces mots-là, des mots d'avocats, non, je n'y crois pas. Cette lettre c'était un faux! C'est un avocat qui me l'a dit. Un jeune monsieur, il aimait aller voir Emma, il assistait à toutes ses répétitions. Il a recopié la lettre pour moi, il m'a conseillé de les accuser d'avoir fait un faux, il a dit qu'il m'aiderait. Tiens, voilà… "*Je tiens absolument, Monsieur, à danser les premières représentations du ballet avec mes jupons de danse ordinaires, et je prendrai sur moi la responsabilité de tout ce qui pourrait m'en arriver. Pour le dernier tableau je le danserai avec un jupon cartronisé. Je ne peux pas m'exposer à des jupons qui seraient laids, ou qui n'iraient pas bien. Comme je trouve que l'administration a raison dans le changement qu'elle veut opérer, au bout de quelques représentations, je demanderai moi-même à opérer la substitution pourvu qu'elle ne nuise pas à l'effet des costumes, ce que je crains. Mille compliments empressés, Emma Livry, vendredi 23 septembre 1860.*" Il faudrait que cet avocat vienne avec moi voir ces messieurs, leur parle à ma place. Je pourrais réécrire aux journaux qui l'aimaient tant, leur demander de raconter ces turpitudes. Mais ils l'ont oubliée… avec le temps. Il y a d'autres danseuses, aujourd'hui. Un papillon, cela ne vit pas longtemps; quand un meurt un autre le remplace, on n'est même pas triste. Je n'ai plus le courage. À quoi bon maintenant. Et puis ce jeune avocat, je ne sais pas ce qu'il est devenu."

Elle se tait. Elle repense à ses gestes de mère penchée sur cet enfant qui souffre, à l'odeur de la chair qui se décompose, aux pommades chères et inutiles, aux médecins impuissants. Puis elle se rappelle pourquoi je suis venu.

"Oui, cette Constance, elle ne devait pas être mauvaise fille. Quand elle a su que j'avais vendu mes bijoux pour payer le médecin, elle m'a laissé un peu d'argent. Vous savez que ma fille est morte munie des sacrements de l'Église?"

Je les imagine, ces demoiselles de l'Opéra peu farouches, se cotiser pour donner un peu d'argent à une des leurs, solliciter leurs bons amis pour trouver le meilleur médecin de Paris. Un secret, un serment les unit peut-être les unes aux autres ; un fil doit relier la plus talentueuse, celle qui ne vit que pour son art, aux plus médiocres, aux filles galantes qui guettent les riches abonnés dans le Foyer de la danse. Gautier m'a parfois parlé de ces figurantes dont les caprices, les dépenses, les extravagances font les délices des gazettes, dont les noms claquent comme des bannières : Éline Volter, Finette, Cora Pearl, Léontine Rousseau, Ernestine Urban. À côté d'Emma Livry qui se consuma dans un incendie, ont brillé d'un autre éclat les feux follets du Foyer de la danse, demoiselles à qui je demanderai leurs souvenirs, demoiselles qui seront trop heureuses de me raconter leur gloire qui se ternit tout doucement.

Mais je sors en pensant moins à Constance qu'à Emma Livry, le papillon crucifié d'une épingle sur son lit d'agonie, vierge sage pour l'éternité. J'envie presque Constance pour sa médiocrité tranquille, son absence de génie, son acceptation calme d'une célébrité limitée, puis de l'oubli, celui qui apaise, console, engloutit.

XVIII
Dans lequel le lecteur prend connaissance du plat du jour

“On l’appelait *le Plat du jour*. On raconte qu’un jour, elle donna rendez-vous à un de ses amants dans le petit salon d’un restaurant. Au Grand Véfour. Elle l’attendit toute nue, parée de ses bijoux, sur un grand plat en argent. Elle a dû avoir froid aux fesses en l’attendant. Évidemment cela a fait le tour de Paris, et c’était ce qu’elle voulait. Cela lui faisait de la publicité. Ça, c’était Cora Pearl. Une Anglaise. Il ne suffisait pas d’être belle, il fallait faire des folies, trouver des idées, faire ce que les autres filles n’osaient pas faire. On était nombreuses, on se livrait une sacrée compétition. On s’amusait, aussi. Bien sûr que Cora gagna des millions. Mais elle en dépensa tout autant. Elle ne chantait pas trop mal. Ce n’était pas une cantatrice, mais elle avait une belle voix et savait à peu près lire la musique. Une fois, elle a chanté le rôle de Cupidon dans *Orphée aux enfers* d’Offenbach.”

La fille qui me parle ainsi, c’est Éline Volter. Elle dansait vers 1864, elle a pu croiser Constance, et il est certain qu’elle a connu Emma Livry; comme nombre de ces demoiselles, la danse n'était qu'un de ses talents. Gautier se faisait fort de me trouver son adresse en une après-midi; il a envoyé ses émissaires dans toutes les directions, depuis sa chambre, porteurs de quelques lignes sans doute bien convaincantes, puisqu'à l'heure du thé, la demoiselle me reçoit, drapée dans une robe de chambre en velours incarnat.

"Nous étions de petites célébrités, chacune dans notre genre. Zola, il s'intéressait de près à Cora, il suivait ses virées dans la presse ou par des informateurs, il se renseignait auprès des concierges, des mouchards, des bonnes. Il prenait des notes et Cora en était fière: elle se voyait déjà en héroïne de roman, célèbre pour deux cents ans. Un homme, qui n'était pas un de ses amants, œuvrait lui aussi pour sa réputation! les hommes se ruinaient pour elle – enfin, moi, je dirais plutôt qu'ils se ruinaient avec elle. Et un petit jeune homme avait même sorti son revolver pour l'impressionner. Elle en riait, mais cette célébrité ne lui a pas porté chance. La famille du gamin a porté plainte, la police s'en est mêlée, elle a dû décamper. Si Zola m'avait demandé, à moi, des détails et des histoires, je lui en aurais déballé bien d'autres, parce que j'en connais, et je lui ai sauvé la mise bien des fois, à Cora. Et si elle gagnait des millions, elle en dépensait tout autant; parce que pour séduire des hommes riches, il ne faut pas avoir l'air pauvre. On a raconté qu'elle perdait des diamants cousus dans son costume, quand elle faisait le Cupidon, dans *Orphée aux enfers*, et qu'elle ne les ramassait pas, qu'elle les laissait aux machinistes. Alors je peux vous dire que tout est faux. D'abord, toutes les deux, avant de monter sur scène, on décousait les strass de son costume. Et bien sûr que ce n'étaient pas de vrais diamants! Son truc à elle, c'étaient les perles; elle s'était placée sous leur protection – Cora Pearl, ce n'était pas son vrai nom. Et ce que les bourgeois ne diront jamais, c'est que parfois, Cora et moi, on payait les dettes de nos amants. Nous formions une petite bande, et Cora était la seule, je crois, à ne pas être du corps de ballet.

Nous avions toutes commencé la danse vers dix ans. À quatorze ans, les plus douées, les plus délurées, les plus jolies pouvaient se faire embaucher à l'Opéra, où elles devenaient des rats. Nous répétions au Conservatoire de la rue Richer avec madame Dominique, dans la classe de perfectionnement. Une salle en pente, un seul vestiaire, des barres et des miroirs sur trois murs. On adorait madame Dominique, bonne pour nous toutes, même celles qui n'étaient pas si douées. On avait aussi un vieux maître de danse qui marquait la mesure avec un petit violon. On venait toutes des faubourgs de Paris ; on commençait les cours tôt le matin, on assistait aux répétitions, on participait aux spectacles. On était des élèves, des travailleuses de nuit, on était un peu des ouvrières en fait ; on cousait des rêves aux nuits des hommes. On était comme les autres gosses des faubourgs : on travaillait, et plutôt dur, et les salaires étaient bas. On finissait souvent à minuit, rentrant à pied chez nous, souvent accompagnées de nos mères. Elles réchauffaient les repas qu'elles avaient préparés, pour elles et nous, sur les poêles du conservatoire. Le conservatoire sentait la potée, la soupe aux choux et le ragoût de mouton. Plutôt les bas morceaux.

En 1860 le règlement était strict. Si les Étoiles et les Sujets, qui étaient protégées par de riches mécènes, si elles pouvaient n'en faire qu'à leur tête, il n'en allait pas de même pour nous. Interdiction d'arriver en retard, de rater son entrée, de rire bruyamment dans la coulisse, d'être mal costumée, de perturber la représentation. On appliquait des retenues sur salaire, le renvoi en cas de récidive. C'était l'usine. Mais il y avait règlement parce qu'on n'était pas sages. Qu'attendre de gamines qui travaillaient la nuit ? Nos mères ne venaient pas simplement pour nous faire réchauffer notre potée, elles regardaient les hommes qui nous regardaient pendant les répétitions, elles voyaient d'un coup d'œil lequel saurait mettre davantage de mouton dans la marmite, et les bons morceaux cette fois. À quinze ans, on y était toutes passées. Pour faire bonne figure, porter leurs affaires, leur donner une contenance, sembler avoir quinze ou seize ans, ou même quatorze, il y avait des amateurs, toutes celles qui pouvaient venaient avec leur mère. Les mères avaient pour rôle de ne pas veiller sur nous. Ça, c'était l'idée du docteur Véron, un directeur d'autrefois : il avait fait ouvrir le Foyer de la danse, pendant les entractes, puis pendant les répétitions, aux abonnés. Je vous laisse imaginer la tambouille : d'un côté que des hommes très riches et de l'autre, des gamines maigrichonnes et pauvres conseillées par des mères avides. Cela ne pouvait pas finir autrement que ça ne finissait. Cela rendait service à tout le monde, y compris à Véron, qui fidélisait ses abonnés et recevait tant de demandes d'abonnement qu'il transforma ça en privilège, en faisant croire que le nombre en était limité. Nous aussi, nous lui disions merci, surtout quand nous comparions notre sort à celui des cousines blanchisseuses qui à seize ans étaient déjà poitrinaires, et pauvres, et mal habillées. Au bout d'un moment, la direction a interdit l'entrée du Foyer aux mères. Soit parce qu'elles auraient pu chercher à protéger leurs filles, soit, et c'est plus probable, parce que leur maquerellage affiché aurait pu dégoûter les plus assidus des prétendants. Les danseurs masculins y étaient également interdits, sous peine de renvoi. Curieux Foyer de la danse, où on ne trouvait aucun danseur. À côté de ça, l'administration tentait de faire de nous une petite armée docile et disciplinée.

Nous avions mal partout. Vous n'imaginez pas à quel point la danse fait mal. Mal au dos, mal aux pieds. On avait des entorses, des foulures, des fêlures, des ampoules, des plaies. Nos pieds n'étaient que plaies. Danser sur un orteil ! Cela a été inventé par un homme qui n'aimait pas les femmes. On raconte que les Chinois inventent des tortures raffinées ; j'ai lu ça dans un journal et un diplomate m'a raconté des horreurs sur les

Jaunes. Mais c'est le père Taglioni qui a fait danser sa fille sur des pointes. Il voulait qu'elle ait l'air d'une créature imaginaire. Il mettait des escalopes de veau dans la pointe de ses petites chaussures de satin pour qu'elle n'ait pas trop mal. Nous travaillions tout le temps, pour être embauchées, au moins comme marcheuse, et tenir des bouquets ou faire des rondes derrière les solistes. Il fallait quand même bien danser pour entrer. Les plus motivées mettaient leurs pieds dans un appareil en fer pour travailler leur en-dehors. Vous connaissez cette torture? Une danseuse ne doit pas marcher. Ses pieds ne doivent jamais être parallèles. Toute la jambe, de l'orteil à la hanche, doit être tournée vers l'extérieur. On appelait ça *se tourner.* Après, à la barre, il fallait *se casser*, mettre un pied sur la barre, et toucher ses orteils avec le bras opposé. Le corps tout cassé, il y en a qui trouvent cela joli.

J'ai commencé vers 1855, Constance dix ans plus tôt, à peu près. Elle était arrivée de sa province, d'une ville du Nord dont j'ai oublié le nom, avec sa mère. On voulait faire de nous des ballerines romantiques alors que le ballet romantique était déjà mort. On avait des rôles de femmes-fantômes et on avait bien raison: le ballet blanc était mort et on ne s'en apercevait pas, parce que les décors étaient encore plus beaux qu'autrefois, qu'on n'était pas farouches et qu'il y avait l'éclairage au gaz pour illuminer tous les étages du théâtre. Le gaz et les filles, c'était le secret pour faire venir du monde. Quant aux spectateurs, ils étaient déjà des spectres, mais ils ne s'en apercevaient pas non plus, parce qu'ils faisaient la fête. Nous, on enterrait l'Empire, on précipitait sa chute, on ruinait les banquiers, on compromettait les ministres, on faisait écrire n'importe quoi aux journalistes et on était la terreur des familles et des femmes comme-il-faut. Ce régime agonisait, et on était toutes en blanc.

Oui, en 1860, les livrets étaient stupides, la musique sans intérêt. Elle servait surtout à battre la mesure. Les partitions étaient interchangeables. J'ai dansé Nourreda sur *Tiens, voilà du boudin*. Vous avez déjà entendu parler d'Ernest Reyer ou de Friedrich Burgmüller ? L'un a composé la musique de *Sacountala*, l'autre de *La Péri*. J'ai dansé les deux, et serais incapable de vous en chantonner la moindre mélodie. Il faut dire la vérité : aucune d'entre nous n'avait la personnalité flamboyante d'une Grisi, d'une Elssler, d'une Taglioni. Les grandes Étoiles étaient mortes ou retirées et portaient des savates de feutre. Léontine Beaugrand, la Muravieva, Zina Mérante voulaient leur succéder, mais il leur manquait l'étincelle, le chic qui transforme un spectacle en féerie. Les spectateurs commençaient à préférer l'opéra. La danse servait d'intermède entre les actes. Les divas nous dépassaient : davantage de caprices, d'art, de distance entre elles et le public. Elles avaient des mécènes et des adorateurs, là où nous n'avions que des admirateurs sans le sou ou des protecteurs peu soucieux de Terpsichore.

Seules les meilleures danseuses étaient bien payées. Cela remontait au *bon docteur Véron*, qui voulait attirer des artistes de rang international, et avait compris qu'il les retiendrait par d'excellents salaires et en les distribuant bien. Mais les premières ou secondes danseuses, les coryphées, les quadrilles, nous, nous avions besoin d'un protecteur pour vivre. Constance, comme moi, a trouvé son premier monsieur au Foyer de la danse. On y répétait pendant la journée, on étudiait nos mouvements dans les miroirs recouvrant trois des quatre murs. C'est un lieu étrange, où les uns cherchent une maîtresse, les autres un protecteur : on y croisait tout ce qui comptait, journalistes influents, romanciers en mal de sujets, compositeurs, librettistes, banquiers, ministres, diplomates, dandies à la mode, sous l'œil de notre directeur, Duponchel ou Roqueplan. Légères, on devait l'être sur scène, comme des fées et des sylphides. Et après aussi ; les danseuses étaient vraiment des filles légères, à tel point que certaines demi-mondaines se faisaient photographier en danseuses, pour attirer des clients.

Ce Véron était un dieu pour nous toutes. Il n'était plus directeur depuis plus de vingt ans, mais il repassait souvent dans les coulisses et au Foyer, qu'il appelait *sa vraie maison.* Il était pris ! On l'appelait toujours *Docteur*. Il avait fait fortune en vendant de la pâte pectorale, il en faisait la retape dans la presse à grand tirage, promettant des guérisons miraculeuses. À l'Opéra, il n'a pas fait autre chose : il guérissait les bourgeois de leur ennui, et ça, croyez-moi, c'est quasi-miraculeux, tant l'ennui bourgeois passe pour incurable. Il a lâché les pastilles pour la presse, sur le même modèle : il prenait une histoire et la découpait en trente chapitres, et il la vendait pendant un mois, multipliant son bénéfice par trente, et refourguant toujours ses remèdes dans les marges. Il inventait des scandales et des rumeurs. Tenez, je suis sûre que vous avez entendu parler de la rivalité entre Marie Taglioni et Fanny Elssler. Eh bien, c'était son invention. C'est lui qui a fait venir l'Autrichienne en France, il est allé la chercher à Londres, exprès pour créer une rivalité entre elle et la Taglioni qui, toute seule, ne faisait plus assez parler les journalistes. Qu'est-ce qu'on n'a pas entendu ! La brune et la blonde, l'Espagnole et l'Italienne, la danseuse païenne et la danseuse chrétienne… Gautier s'est bien amusé, il était de mèche avec lui. Il y avait un livret pour ce qui se passait sur scène, et un autre pour ce qui devait se passer en coulisse ; tout était écrit, et Gautier s'y entendait en rumeurs et intrigues. Il savait donner du cachet à ces petites histoires ! En fait, les deux donzelles s'entendaient très bien. Véron avait compris qu'il ne suffisait pas de recruter les meilleures danseuses, qu'il lui fallait celles sur lesquelles on aurait envie de raconter des histoires. Et Fanny était une pièce de choix. Mince, une taille de guêpe, un minois ravissant, des yeux de biche, costumée en Espagnole, en gitane, elle dansait la taille cambrée en arrière, le buste renversé, et se déhanchait en faisant bruisser ses basques rouges. Elle faisait claquer ses castagnettes et tinter ses bracelets, adressait des œillades voluptueuses au public, et les balancements de son bassin faisaient scintiller la soie de ses costumes bariolés. Ceux qui vous ont parlé du ballet blanc ne vous ont pas tout dit ; il se partageait l'affiche avec les danses colorées, criardes même, sensuelles, et si joyeuses, de Fanny Elssler. Elle ignorait le quadrille français, et le public ne lui en voulait pas. L'Europe envahie se vengeait de l'Empereur : ce n'étaient que cracoviennes polonaises, cachuchas espagnoles, boléros, fandangos, et surtout la tarentelle, qu'elle dansait les seins pointés vers le ciel, la tête renversée, une danse du sud de l'Italie, imitant les convulsions d'un corps piqué par une araignée. C'est encore Véron qui avait inventé cette histoire d'amour entre Elssler et le duc de Reichstadt. Imaginez ! Le fils de Napoléon séduit par une danseuse autrichienne, envoyée par Metternich ! L'héritier de l'Empire oubliant dans ses draps les rêves de grandeur et de revanche, mourant en prononçant son nom ! La danseuse trahissant Metternich, engageant le fils à reconquérir son héritage ! Le malheureux gamin avait dû, tout au plus, assister à une de ses représentations à Vienne. Mais cette idée de le faire mourir de consomption avec sur le cœur une rose qu'elle aurait portée dans son corsage ! Ça, c'était vendeur, ça vous remplissait les caisses. Il est vrai qu'elle était née à Vienne, deux ans avant le Congrès de 1812 qui allait démembrer l'empire de papa ; le prince de Ligne racontait qu'on avait dansé, valsé pendant tout le Congrès.

Tout le monde se pressait donc à l'Opéra. Je dois dire que les directeurs que nous avons eus, nous, ne lui arrivaient pas à la cheville. Roqueplan laissait des ardoises. Il était très doué pour choisir de jolies filles ; sa maîtresse officielle était, et est toujours, Louise Marquet, mais il en avait une foultitude d'autres dans le corps de ballet. Il avait l'habitude de dire qu'une danseuse mariée sentait mauvais. Ça vous donne une idée de ses exigences pour le recrutement. Il était aidé d'Henry Duponchel ; lui, au moins, il savait faire quelque chose, il était décorateur. Illusionniste, même. Il avait un don pour faire oublier la réalité. Vous comprenez maintenant : l'Opéra était un décor en carton-pâte.

Et puis, vers seize ans, on quittait le nid. Un "monsieur", comme disaient nos mères, payait notre loyer. On reversait, pendant quelques mois, un peu d'argent à nos parents, et puis on leur donnait de moins en moins, on gardait tout pour nous, et on leur fermait notre porte. Tout partait en toilettes, en plaisirs égoïstes, dans ces menues choses qui font rêver et qui coûtent si cher. Certaines quittaient l'Opéra, d'autres y restaient pour attirer des hommes encore plus riches. Il y avait des choses à savoir. On pouvait se mettre à la colle avec un riche, mais c'était bien d'avoir dans son jeu un journaliste ; et le *must*, c'était d'attirer l'œil d'un membre du Jockey Club. Certaines filles n'acceptaient des hommages et des dîners d'un homme que s'il venait du Jockey Club. Ils avaient du pouvoir, ils allaient voir le directeur de l'Opéra, ils faisaient distribuer leur maîtresse dans les ballets. Comme ils étaient un peu mécènes, c'était facile pour eux. Les plus organisées étaient les sœurs, qui chassaient en bande. Une quittait l'Opéra, organisait des fêtes chez elle, faisait venir des journalistes, des courtisanes, tandis que ses sœurs continuaient à l'Opéra. Les sœurs Duparc étaient fortes. Elles étaient cinq. Amélie et Clémentine dansaient, Esther tenait un salon. Il y en avait deux autres encore. Les mieux casées n'étaient pas celles que l'on croit. Francine Cellier était la danseuse du préfet Haussmann. Elle ne s'amusait pas beaucoup. C'était un protestant, pas drôle du tout. Il avait peur d'être surpris avec elle. Il l'emmenait parfois au Bois, mais c'était pour lui demander de s'accroupir au fond de la voiture quand un autre carrosse arrivait en face. Il voulait qu'elle ait de la retenue, comme sa femme ! Et il a mis leur fille dans un pensionnat protestant. On se moquait d'elle. Moi, je manquais mes entrées et je n'étais jamais en rythme. Mais je savais qu'on ne me renverrait jamais parce que j'étais la maîtresse du président du Jockey Club. Je faisais ce que je voulais, et ça n'a pas empêché les Goncourt de parler de moi en bien. On ne faisait qu'obéir au défunt Guizot, paix à son âme ! Ce bon ministre n'avait-il pas dit "Enrichissez-vous" ? Le plat du jour, on voulait toutes l'être, avec des truffes autour.

Parfois, on avait une semaine de truffes. Et la semaine d'après, la débine, pas de pain. Mais Irma ! Irma Carabin ! Elle n'était jamais à court de ressources. Pas une miette sur sa table. Et puis, venu d'on ne sait où, quand on commençait à se regarder d'un air inquiet, un traiteur sonnait, posait dessus ortolans, champagne, perdrix, consommés, corbeilles de fruits, huîtres. Vous savez que de mauvaises langues racontent qu'elle ne savait même pas lire ? Remarquez, cela ne m'étonnerait qu'à moitié. Aucune, plus qu'elle, n'a brouillé la frontière entre la danse et la bicherie. Elle invitait chez elle tous les soirs, après le spectacle. Des fêtes à tout casser. On y croisait toutes les danseuses du corps de ballet, et des filles encore plus faciles, des altesses, et même des filles qui aimaient les filles. Il y en avait pour tous les goûts. Et même des garçons qu'elle allait faire chercher dans les pires endroits. Ce qu'on n'osait pas faire dans le Foyer de la danse, on le faisait chez elle. Elle se couchait au petit matin. Elle n'allait pas aux répétitions, alors les représentations s'en ressentaient ; franchement, elle dansait mal. Une fois, elle est montée sur scène qu'elle avait à peine dessoûlé, elle titubait.

Francine, Irma, les sœurs Duparc et moi, on était toujours ensemble. Cela nous donnait plus de chances et on rigolait plus. On ne se faisait pas d'ombre. On était distribuées dans les mêmes ballets qu'Emma Livry, pas dans les mêmes rôles, évidemment. Même avec la protection de mon Daru je n'ai jamais pu avoir de premier rôle. Fallait quand même pas exagérer. Mais un petit papillon, une petite sylphide en deuxième ligne derrière la soliste, ça oui, bien sûr ! Quant à Constance, on s'est loupées de cinq-six ans. On se croisait, mais dans des fêtes. On n'a pas dansé ensemble. Emma, elle ne nous voyait pas.

Elle était dévouée à son art, elle y croyait, et ça ne lui a pas réussi, la pauvre mignonne. On ne l'aimait pas trop, mais on a pleuré quand elle est morte. Constance était plus maligne. Plus discrète que nous. Jamais dans de grosses fêtes, toujours avec des messieurs très riches, très discrets, à part son Turc évidemment. Elle se cachait beaucoup, parlait peu. Je ne connais pas ce tableau dont vous me parlez. Qu'elle ait posé pour ce tableau, en se faisant payer, et payer très cher, alors ça, ça ne me surprendrait pas du tout. Elle a dû faire cela pour du franc-or ; je ne vois pas d'autre explication. Celle qui pourrait vous raconter des choses, des choses sur la carrière de Constance, c'est Claudia Couqui. Elle a débuté en même temps qu'elle. Elles ont dansé exactement les mêmes ballets. Constance a fait fructifier son capital, et surtout, elle l'a gardé. J'ai entendu dire qu'elle était riche à millions et qu'en plus elle était devenue une dame. Nous, on gagnait plus, et on dépensait tout. La plus maligne, c'était Constance."

Je me mets en chasse, je cherche Claudia Couqui et personne ne peut m'en donner des nouvelles. Gautier, toujours lui, se rappelle : elle s'appelle Claudina, pas Claudia, et c'est une Italienne dont le nom a été francisé. Elle était très belle et très douée. Mais elle n'est pas restée assez longtemps sur scène pour se faire un nom ; elle s'est fâchée avec tout le monde, les autres filles, les directeurs de la danse, qu'elle accusait tous de médiocrité et qu'elle insultait dans sa langue natale. Claudina Cucchi est retournée à Milan où elle donne des cours aux petiotes qui veulent entrer à la Scala. Ses affaires ne vont pas si bien et Zina Mérante, la femme de Louis Mérante, le directeur de la danse qui était là-bas pour recruter une fille, raconte qu'il l'a reconnue, faisant les poubelles. L'Étoile italienne n'a plus ni les truffes, ni le plat du jour.

Mais quelques semaines plus tard, l'ami Théophile nous quitte. Gautier, qui illuminait nos soirées par ces récits étranges, qui connaissait tant d'anecdotes, qui nous racontait la bataille d'*Hernani*, l'embellissant de mille exagérations ; Gautier n'est plus. Nous sommes en 1872 et le monde qu'il aimait s'est éteint. Les danseuses pour qui il composait ses livrets sont de vieilles dames désormais. La Commune a enterré le Paris impérial ; on s'amuse encore, mais autrement. Peu à peu, j'oublie ce tableau qui m'a occupé pendant de longs mois ; c'était Gautier qui me le rendait intrigant, troublant. Les confidences d'Éline Volter avaient déjà ôté à l'œuvre toute son aura mystérieuse. Constance avait posé pour de l'argent, pourquoi aller chercher plus loin ? Désormais, le tableau est perdu, Constance est devenue une dame respectable. *L'Origine du monde* et son modèle se cachent dans un coin de ma mémoire.

DEUXIÈME PARTIE

OÙ LE LECTEUR
ASSISTE À LA NAISSANCE
D'UN NOUVEAU MONDE

XIX
Où Goncourt voit la vierge, ou presque

Ce soir-là de juin 1889, Edmond de Goncourt était renfrogné, morose. Il venait, me dit-il, de voir une merveille. Comment quelque chose de beau avait-il pu le plonger dans un tel abattement ?

“Maxime, nous sommes des imbéciles. Je sors de chez La Narde, l'antiquaire qui me fournit en japonaiseries, tu sais, ces œuvres bizarres dont je suis friand, tabatières, petits Bouddhas de porcelaine, et puis leurs curieuses estampes. Et il m'a montré cette *Origine du monde*, qui nous avait tant occupés, Gautier, Dumas, toi et moi, il y a vingt ans ! Il m'a emmené au fond de sa boutique, dans la pénombre. Nous étions seuls et c'est là qu'il m'a montré son secret. Il s'est saisi d'une clé et s'est approché d'un tableau posé sur une table. Il représentait une église sous la neige, il a déclenché un mécanisme secret avec sa clé et *L'Origine* est apparue. J'ai vu ce ventre et ce bas-ventre. J'ai été pris d'un vertige. C'était un con, mais peint par *Le Corrège**. Ce n'était pas laid, comme je l'avais cru. Ce n'était pas beau non plus. C'était puissant. Et avec une tendresse dans la chair. Je reconnaissais la touche de Courbet, mais sublimée, je reconnaissais son goût pour le réel, mais ici il avait quelque chose de sacré. Je n'ai jamais aimé Courbet, c'est vrai. Je l'ai toujours pris pour un prophète de la laideur. Il y en a qui font de l'art pour l'art. Lui, je pensais qu'il faisait le laid pour le laid. Mais là, il a fait quelque chose d'autre, et de nouveau. Le peintre de la chair, c'est lui. Le successeur du Corrège, le peintre des Madones, c'est lui ; même tendresse, même lumière, même chair heureuse, même éclat de la peau, qui trahit l'éclat d'une joie intérieure, mais là, il n'a pas peint la Vierge, loin de là, mais plutôt un intérieur.

Je me suis trompé. Je n'ai rien compris à Courbet. Il y a quelque chose de sacré dans sa peinture. Et je crois qu'au fond, il y a quelque chose de sacré dans cette partie-là de la femme. Et celui qui a peint un panneau représentant une église pour recouvrir ce tableau a eu raison, lui a tout compris. Tu sais ce que font les Russes ? Ils recouvrent leurs icônes avec des plaques d'or et d'argent. Là, c'était la même chose. Une église pour recouvrir un autre temple sacré. Je n'avais jamais vu cela. Là, je me suis retrouvé face au mystère, et j'ai baissé les yeux. J'aurais tout aussi bien pu être foudroyé sur place, comme ces mortels pris au piège, qui regardent une divinité au bain, qui n'en ont pas le droit, et qui sont dévorés par leur meute, leur désir, ou changés en pierre. Quand j'ai vu cette chair, je me suis dit, voilà un peintre, un successeur du Titien. Cette chair palpite, elle est vivante, elle frémit comme celle des Madones du Titien ! Zola dit que Courbet peint en pleine viande. Il est aveugle. Ce n'est pas de la viande, c'est de la chair. La chair, c'est la viande devenue émouvante, c'est le vivant traversé par le désir. La beauté radicale de cette *Origine* m'a submergé.

Regarde notre siècle, regarde nos femmes confites en dévotions. Nos églises dégoulinantes de cierges. Lis nos théologiens. Qui avons-nous ? Saint François d'Assise ? Saint Thomas d'Aquin ? Sainte Thérèse d'Avila ? Non, nous avons le père Dupanloup, qui veut interdire aux jeunes filles l'accès de la Sorbonne, à moins qu'elles n'y viennent avec leur mère, ou une gouvernante. À toutes les époques on a construit des églises, as-tu vu les nôtres? As-tu vu notre art sacré? Ce n'est pas de l'art et il n'a rien de sacré. On produit des vierges en plâtre en série. Tu as envie, toi, de t'agenouiller devant une vierge en plâtre? Où est la terreur sacrée? Où est le saisissement face à l'incompréhensible? Les bigots d'aujourd'hui ont inventé l'image sulpicienne. Ils glorifient le Sacré-Cœur, le sacrifice. Sur nos images pieuses, on voit un grand Jésus, blond, aux cheveux longs, aux yeux bleus, souriant, engageant, ouvrir sa poitrine et dévoiler un cœur qui saigne pour nous. Il est entouré d'angelots dodus et fessus, voletant autour de lui. Ces images me semblent infiniment plus pornographiques que *L'Origine du monde*. Cette exhibition sentimentale d'un cœur qui saigne pour nous est plus obscène que ce sexe où perle l'imminence du plaisir. L'œuvre dit quelque chose et cache l'essentiel, elle est mystérieuse, et je dirais même mystique. Il y a vingt ans, j'avais comparé cette femme à une malheureuse esclave que des bateleurs montraient dans des foires, et que Cuvier avait anatomisée. Je me trompais! Ce sont ceux qui l'ont observée, disséquée, anatomisée, exhibée, qui étaient obscènes. Sur le tableau la femme ne s'exhibe pas. Elle est là.

Cette fente entrouverte est la promesse d'une révélation, d'un événement. Une porte fermée, une porte grande ouverte n'ont rien de mystérieux. Une porte entrouverte, si. L'œuvre a quelque chose du retable. À Gand, j'ai vu le polyptyque de *L'Agneau mystique*, peint par les frères Van Eyck. Fermé, il offre à la vue des fidèles une grisaille, et raconte le péché originel, les crimes, la cupidité, la jalousie, Ève chassée du paradis et vouée à l'enfantement. Ouvert les jours de fête, il déploie alors ses couleurs éclatantes et dévoile Marie, sensuelle, vivante, couverte de brocard doré, couronnée d'or et de perles, la chair rosée, rosie. Elle chante, et sa bouche entrouverte laisse perler une langue où scintille une goutte de salive. Le sauveur est un dieu, mais il est né d'une femme. Cette mère doit donc être une vraie femme, avec un corps dont on perçoit le grain de peau, une bouche qui salive et un ventre. Elle a un ventre de vierge, mais aussi de femme. Alors tout le réel est important. On peut compter les cheveux d'Ève et de Marie, les oiseaux dans le ciel, les pierres précieuses dans la source, les dattes dans les palmiers. Il est très important qu'on puisse les compter, car chaque datte est un petit miracle de sucre qui éclate dans la bouche de l'assoiffé, dans le désert.

Grâce à son panneau coulissant, La Narde a transformé *L'Origine du monde* en retable. Sa face offerte à tous, d'un blanc neigeux, d'un noir d'humus, d'un ocre terreux ou d'un vert de germination, est une grisaille des jours ordinaires, cachant et préservant l'éclatante révélation de la fête, de l'amour. Mais chez les Van Eyck, il fallait ouvrir le panneau profane pour trouver la représentation sacrée ; chez Courbet le panneau profane représente une église, et le panneau sacré, une peau sucrée aux saveurs de datte, une humidité de fontaine, un sexe entrouvert. Car chez Courbet, c'est le corps lui-même qui devient un retable, c'est le corps qui s'ouvre, les cuisses qui s'écartent, puis les lèvres, et laisse entrevoir le mystère, une source sacrée. De même, Constance Quéniaux s'offrait aux regards de la bonne société dans sa stricte robe noire, boutonnée jusqu'au col, chargée de rubans, de dentelles, de volants, et du public dans son tutu blanc, et dévoilait les splendides couleurs son intimité de brune à Khalil-Bey et Courbet.

La femme qui pose n'est plus ni Ève ni Marie, elle n'est plus une pécheresse ou une vierge, elle est une femme et toutes les femmes. Il n'y a plus que le plaisir et l'amour. Le péché n'existe plus. Sa peau n'est ni grise ni rose. Le gris est bon pour les statues qui se décolorent sous les porches, et le rose pour les Vénus de Cabanel ou Bouguereau, toutes proprettes en bonbon et pâte d'amande. Sa peau a la couleur de la chair, indéfinissable, puissante et sacrée. Et cette chair est reproduite à la perfection. Ce ne sont plus des cheveux que l'on pourrait compter, mais des poils. Une telle précision ne se trouve, aujourd'hui, que dans les cires anatomiques. Et encore. Même les cires, les photographies et les moulages à usage des médecins ou des voyeurs sont moins réalistes. Il y manque la vie, le souffle de vent qui vient faire frissonner la chair ; la femme demande à son amant de fermer la fenêtre, qui apporte trop de bruit et un vent trop frais. Je l'entends.

L'Origine du monde ne représente évidemment pas une courtisane, une danseuse ou une petite-maîtresse, dont Khalil-Bey aurait voulu immortaliser le souvenir – celui des nuits parisiennes. Jusqu'à *ce tableau*, tous les nus n'ont jamais représenté que des déesses couchées s'offrant au regard des mortels ; ils ont neutralisé le danger qu'il y a à voir le divin, ils l'ont rendu trivial. Mais leurs modèles n'ont jamais été que des putains, les seules à pouvoir poser. *L'Origine du monde* dévoile une déesse-mère et ne nous offre aucune garantie, aucun prétexte. Nous sommes mis face au mystère et ne pouvons le regarder en face bien longtemps. Nous passons notre chemin."

Goncourt est écrasé. Il est écrasé comme quelqu'un qui a vu quelque chose de beau, de sublime, et se sent tout petit. Tout petit, mais élevé, relevé par ce qu'il a aperçu. Il est persuadé de s'être trompé pendant des années, de ne pas avoir compris. Lui l'esthète, il s'est trompé, lui dont le goût est si sûr, le jugement si précis. Il me fait douter. Depuis vingt ans, j'avais oublié ce tableau. Je n'y avais vu qu'une abomination, le symptôme d'une société malade, hystérique ; j'avais vu en Courbet un impuissant, un démolisseur, une brute acharnée contre la beauté et la civilisation – un des responsables de cette Commune dégénérée. J'avais oublié Constance Quéniaux, dont j'étais pourtant allé consulter les contrats, dans les archives de l'Opéra, et sur laquelle j'avais retrouvé quelques coupures de presse. Je l'avais prise pour une fille inculte, dont la mère ne savait pas lire, et signait d'une croix. C'était le directeur de l'Opéra lui-même qui m'avait raconté la chose. En bas de l'engagement de Constance, qui avait quatorze ans, comme rat, sa signature à elle, et la croix de sa mère. Pas une croix de fervente bretonne, une croix d'illettrée. J'imaginais Constance idiote, incapable de comprendre les livrets dont Gautier m'avait parlé. Pour elle, la danse, c'était une succession de pas qu'elle réalisait les uns après les autres, et une occasion de gagner de l'argent, et de rencontrer des protecteurs ; sa mère avait tout fait pour qu'elle rapportât. Khalil-Bey lui avait demandé de poser, elle s'est exécutée, un point c'est tout.

Mais ce tableau qui montre tout cache peut-être un secret ; il montre tout, et je ne l'ai sans doute pas bien regardé. Je décide donc d'aller le revoir, chez La Narde, et de retrouver, vingt ans après, pendant qu'il en est encore temps, les témoins qui ont pu connaître Constance Quéniaux : d'autres demoiselles de l'Opéra, d'autres modèles de Courbet, des journalistes et des chroniqueurs de ce monde qui a disparu avec l'Empire, avec Gautier.

XX
Où le lecteur est invité à une promenade en forêt

Antoine de la Narde règne sur un monde merveilleux, une caverne d'Ali Baba sise rue Saint-Georges. Il vend de faux tableaux de maîtres flamands, des icônes russes, des primitifs italiens dont les ciels d'or brillent trop, des chinoiseries, des japonaiseries, des turqueries, beaucoup de bibelots, beaucoup de faux, de copies et d'imitations. Tel le dragon des légendes, il veille jalousement sur les trésors de sa grotte. Il n'aime pas vendre ; il préfère raconter des histoires. A-t-il encore *la chose* en sa possession ? Et comment l'a-t-il acquise ?

“Ainsi, vous voulez voir ce fameux paysage de Courbet…”

Je le reprends, et lui parle de ce *portrait*, où le portraitiste a saisi l'âme de la dame, alors même qu'il a oublié d'en peindre le visage, la poitrine, les bras, la taille et les jambes.

“Vous parlez d'un portrait !”

Je suis prêt à lui concéder qu'il s'agit là d'un portrait bien particulier, mais lui n'en démord pas. Cette *Origine* est pour lui un paysage. Je m'attends à ce qu'il m'entraîne, avec des airs complices, au fond de sa boutique, dans sa réserve. Mais pas du tout : nous restons là, à la lumière de la vitrine, et il me désigne du doigt un château fort sous la neige.

“Voilà votre œuvre… Enfin, une copie. Je viens de la vendre à un riche étranger qui souhaite rester anonyme. Goncourt vous a parlé d’une église sous la neige… Il s’est trompé. Erreur étrange ! Il voulait voir une église ; c’est bien dans son genre de vouloir qu’une église recouvre un nu. Non, c’est un château qui recouvrait *L’Origine du monde*. Le château de Blonay, en Suisse, que Courbet peignit aux dimensions exactes de *L’Origine*, lors de son exil, et dont voici une copie de ma main. Lors de la grande vente aux enchères au cours de laquelle il dispersa sa collection, Khalil-Bey, pourtant rincé comme un verre à bière, ne put se défaire de ce tableau, ni de quelques autres. D’abord parce qu’ils étaient trop licencieux pour être mis au catalogue, et vendus – ni surtout achetés – publiquement. Ensuite, et surtout, parce qu’il aimait ce tableau, et voulait le garder auprès de lui. Durant tout le voyage qui le ramena dans sa patrie, il garda le tableau auprès de lui, amoureusement. Qui était cette femme qui posa, je ne saurais vous le dire. Mais Khalil-Bey devait l’aimer. Peut-être représenta-t-elle le moment le plus heureux, le plus libre, le plus vrai de sa vie. Toujours est-il qu’il rentra à Istamboul avec trois malles de vêtements et ce petit tableau empaqueté dans du papier journal et de la ficelle. Quelques années plus tard, après des rebondissements, des intrigues, des dettes de jeu, et autres histoires de mauvais œil dont on m’a demandé le secret, je pus acheter ce tableau ; lorsqu’il m’échut, il était caché sous cette toile, et il fallait une clé spéciale pour l’ouvrir, et dévoiler aux yeux des initiés l’autre paysage.

J’aime ce paysage de montagne où la neige s’alourdit sur un château noir, entre des arbres noirs. J’aime cette nature. Le mot ne désigne-t-il pas cette force qui nous entoure et nous fait vivre, avec sa sève qui monte comme un désir, ses racines puissantes qui vont puiser l'eau profond, ses germes et ses bourgeons qui ne demandent qu'à jaillir ? Et ne désigne-t-il pas aussi ce fait que la femme est femme, cette puissance qu'elle a en elle, dans son ventre, entre ses jambes ? Courbet a eu cette idée géniale de suggérer ce que le panneau du dessus recouvrait. Ce paysage est pour moi un corps de femme ; cette plaine est un ventre, ces touffes d'herbe sont une toison et ce château est un mont de Vénus. Inversement, la femme de *L'Origine du monde* est un paysage à elle toute seule. Son corps dessine des gouffres, ses seins sont deux montagnes enneigées, son sexe est une fissure qui mène au centre de la terre, son ventre une plaine féconde, sa toison un sous-bois, son sexe une source jaillissante.

J'ai pu voir d'autres paysages de Courbet. Je n'ai pu en acheter aucun. Déjà trop chers pour moi. *L'Origine*, je pouvais l'acheter, c'était une œuvre licencieuse, aucun antiquaire connu sur la place de Paris ne pouvait se permettre de l'avoir. J'ai bien regardé, et je puis vous le révéler : toutes les sources, toutes les grottes peintes par Courbet – et il y en a tant – sont des sexes de femme. Il a peint *La Fée verte*, une caverne du Jura où il aimait pénétrer lorsqu'il était enfant, et dans laquelle il se cachait, espérant peut-être voir la créature magique qu'elle abritait. Mais cette fente dans la roche, cachée par de hautes herbes, et qu'on devine tout humide d'un petit ruisseau, et s'ouvrant sur des profondeurs mystérieuses, est un sexe de femme. Certains ont l'imagination faible et croient que les fées sont toutes blanches, toutes pures, comme dans les contes pour enfants. La fée de Courbet est verte, elle est humide et fraîche, elle a un sexe, elle est un sexe.

Courbet n'était pas le seul à être fasciné par les sources. Ingres l'était également. Vous connaissez sa *Source* ? Vous l'aimez, j'imagine… Tout le monde aime Ingres. Ses tableaux sont joliment érotiques, sagement excitants. C'est vrai, c'est une allégorie bien propre. Normal, pour une source… Une jeune femme blonde nue se déhanche doucement; son corps lisse et glabre est parfait. Elle tient une jarre sur son épaule, son mouvement fait saillir ses seins ronds. La blancheur de sa peau se détache sur le gris des rochers. Elle sourit un peu niaisement, ses yeux sont plus vides que sa cruche, d'où s'écoulent des filets d'eau qui viennent nourrir une source claire. À l'intersection des jambes et du ventre, qui forment trois triangles parfaits, il y a un vide minuscule, une minuscule tache noire et creuse, le point aveugle du tableau, où il n'y a, symboliquement, rien à voir. Chaque partie de son corps, de sa bouche entrouverte à son petit orteil, en passant par ses seins, son ventre, sa taille et ses hanches, doit inspirer le désir, mais rien ne dit qu'elle en éprouve. Elle n'est qu'un objet, en aucun cas une personne avec ses goûts, sa parole, ses frémissements. Son sexe, parfaitement imberbe, fermé et sec, s'oppose à celui de *L'Origine du monde*. On ne sait pas trop si la source est la jeune fille elle-même, sa jarre antique, ou l'eau dans laquelle elle trempe ses parfaits orteils.

Non, je ne sais pas qui fut cette femme. Mais je devine ce qu'elle fut pour Khalil-Bey: une source de plaisir et de joie, une promenade dans une plaine sous la neige, quand il fait froid et que l'on est heureux et qu'on se sent vivant."

La Narde n'est pas qu'un marchand de bibelots, un antiquaire en quête de petites curiosités à la mode. C'est un inspirateur et un magicien: grâce à lui, j'espère remonter aux sources de ce mystère, la naissance de *L'Origine du monde*.

XXI
Où un trio se familiarise avec les psychicones

Le soir même, j'invite Goncourt et Dumas, mes complices rescapés, et leur fais part de mon idée : faire réaliser une copie de la copie de La Narde, par un étudiant des Beaux-Arts, qui me regardera avec un sourire narquois, me prenant pour un *amateur*, mais peu importe, ma réputation, je le sais, est déjà faite en ce domaine ; et montrer ce tableau à ceux que je veux interroger, et qui pourront, qui devront me raconter ce qu'ils savent, sur Constance Quéniaux, qui vit peut-être encore, sur Courbet, mort depuis plus de dix ans, et sur les circonstances étranges ayant présidé à ce qui est, malgré tout, une œuvre sans équivalent. Nous votons à l'unanimité cette républicaine proposition, et l'arrosons de quelques verres, en hommage à la mémoire de Gautier, l'esprit qui veille encore sur toutes nos réunions. Quelques jours plus tard, la chose est là, chez moi, dans ma salle de bains ; mes amis rient et me comparent à Khalil-Bey, me disent que je marche sur ses brisées, et que je vais finir mes jours à la tête d'un harem, à lever l'impôt et faire couper des têtes au fin fond d'un empire en voie de décomposition. J'ai beau leur expliquer que ma salle de bains est l'endroit le plus reculé de mon appartement, que je ne tiens pas à exposer l'œuvre chez moi, à la montrer à mes visiteurs, d'autant plus que la copie est tellement mauvaise que tout art en a disparu, et qu'il n'en reste guère que la dimension pornographique, rien n'y fait : mes explications ne font que redoubler leurs moqueries.

Effectivement, la chose est fort laide ; elle a été torchonnée par un étudiant affamé, à qui j'ai donné vingt francs. Elle ne vaut guère plus, mais le sujet, et le cadrage, ont été respectés. Pour la couleur, la chair, c'est une autre affaire. Je souhaite rendre visite à Hippolyte Baraduc, une tête fêlée, un médecin qui a commencé, comme tout le monde, par des dissections et des leçons d'anatomie, et s'est beaucoup penché sur la femme, son intérieur, son hystérie. Qu'aurait-il à dire de cette anatomie-là ? Depuis peu il publie des fascicules étranges, où il prétend que la photographie peut capter la force vitale cosmique des êtres. Il raconte que notre âme danse autour de nous ! Mais ses premiers travaux sont sérieux, il explique l'hystérie par un prolapsus ovarien. Je veux, surtout, guérir Goncourt, qui, depuis qu'il a vu ce tableau chez La Narde, perd la raison, et voit apparaître la Vierge dans des lieux que la morale et surtout le bon goût réprouvent, entre les cuisses d'une danseuse, et sur une toile naturaliste. Lui qui, il y a quelques années encore, m'affirmait que Constance était une hystérique, dont il avait vu les sœurs à la Salpêtrière ! Je compte bien entraîner Dumas avec nous, qui lui, a gardé tout son bon sens, et persiste à trouver la chose abjecte. En observant la toile, le brave Baraduc pourra-t-il nous dire si l'anatomie du modèle est normale ? Si les organes ainsi montrés sont normaux, ordinaires ? Verra-t-il danser son âme, comme Gautier avait vu danser son corps ?

Un bedonnant personnage nous ouvre la porte. Je sors l'œuvre de la couverture dans laquelle je l'avais emballée, et l'exhibe, attendant la confirmation de mon intuition : il y a, dans la constitution de cette dame, une anomalie, une malformation, l'indice d'une perversion, qui expliquerait son hystérie, et son acceptation de jouer les modèles.

“Voilà une œuvre bien médiocre, messieurs. Autrefois, je me fusse intéressé à une telle œuvre, j'aurais peut-être cherché, dans la précision anatomique de votre peinture, les origines de l'affection de cette femme. Car je suis médecin, et j'ai fait ma thèse sur les hémorragies cérébrales, et j'étais le spécialiste du prolapsus ovarien ! Vous voulez savoir si le modèle était hystérique ? Vous pouvez, bien entendu, chercher la réponse dans les organes, oui, c'est certain… Mais enfin, l'hystérie est aussi une maladie de l'âme. Voyez-vous, la peinture, et l'œil humain lui-même, sont des outils bien imparfaits, bien grossiers. L'essentiel leur échappe ! ils ne voient ni l'âme, ni les fluides vitaux. La peinture ne fait que reproduire, grossièrement, le réel. Elle n'explique rien, elle ne révèle rien. Alors que la photographie, messieurs ! elle saisit, sur des plaques, ces fluides invisibles qui irradient de l'âme d'une personne ! Je passerai à la postérité comme l'inventeur de la psychicône. Regardez – il nous montre une de ses photographies ; voyez-vous ce halo blanc, qui entoure la tête de cet homme ? C'est l'âme de cet homme qui se rend visible, en bougeant et en dansant. Voyez-vous cet autre, autour d'une main ? la force vitale de cette femme est sortie, en tourbillons et en anses ellipsoïdales, de cette main, et mon appareil l'a saisie ! Il faudrait m'amener cette dame. Je la photographierais. Mais tout habillée, n'est-ce pas. On ne peut rien tirer de la nature d'une dame ainsi exposée. Je comprendrais aisément qu'elle ne veuille pas être reconnue. Elle pourrait venir, se cacher derrière un paravent, et me tendre sa main, même gantée. Ce n'est pas un morceau de soie qui empêchera les forces de l'esprit de se manifester ! Je vous dirai alors si cette dame est hystérique ; je lirai clair dans son âme ; je vous dirai toutes les maladies dont son corps et son esprit sont affligés.” La force vitale d'une femme peut sans doute sortir de sa main. Je trouve cependant qu'une force tout aussi puissante émane de mon tableau – enfin, de l'original –, bien que le modèle n'y ait pas montré sa main. Mais la conversation avec Baraduc semble malaisée; je le laisse à ses lubies, et retourne aux miennes, à ce bouton de rose que Courbet laisse entrevoir.

XXII
Où il sera question de viande de bœuf et d'une cocarde prise à un taureau

Zola dit toujours que Courbet peint en pleine viande. C'est pour lui un compliment : il déteste les tableaux de Bouguereau, avec ses femmes en pâte d'amande, toutes nues et toutes roses, toutes bêtes, aux poses correctes certes, mais qui affriolent les mâles par leurs formes appétissantes ; Bouguereau les peint comme un confiseur expose ses bonbons dans une vitrine. On les embrasserait, qu'on aurait du sucre plein la moustache, et envie surtout d'un verre d'eau. Et c'est vrai que les chairs de Courbet font davantage penser à un étal de boucher. Deux ans avant *L'Origine*, Monet a peint un quartier de viande, que j'ai pu admirer chez le comte C… : on voit que c'est un gigot, on voit qu'il est frais, la graisse est blanche, et ne tire pas du tout sur le jaune ; c'est un jeune veau de lait ; la chair est ferme, elle résiste sous le doigt, l'os est coupé net ; au premier plan, une gousse d'ail me met l'eau à la bouche, et j'imagine la saveur de cette viande quand elle sera cuite, quand ma fourchette fera saillir une goutte de sang. Je vois, et je goûte déjà. La seule différence avec Courbet, c'est qu'avec ce dernier, je vois, et n'ai nulle envie de goûter ; mais je vois bien les muscles, le gras sous la peau. Courbet, je le reconnais, sait peindre la viande, il restitue très exactement la matière.

Courbet a peut-être trouvé son inspiration dans un abattoir. Je devrais me diriger vers les abattoirs de Saint-Lambert, mais je n'en ai pas le courage ; je marche vers les Halles. Je me rappelle ces Mardis gras d'avant la Commune, où tout le peuple déguisé des grisettes, des lorettes et des blanchisseuses, des ouvriers, encadré par les garçons bouchers de la ville, escortait le plus gros bœuf de Normandie. Couronné, les cornes fleuries, monté par un gamin de Paris déguisé en Amour, la bête parcourait Paris, faisait station aux Tuileries, au Palais-Royal, célébré par un peuple en transe, au son des fifres et des tambours. On lui donnait le nom d'un puissant, empereur, président du conseil, général, écrivain à la mode ; on le caressait, le flattait, le saluait, on s'inclinait. La fête avait quelque chose de païen et d'effroyable ; les bouchers, déguisés en sauvages, honoraient l'animal avant de le conduire à l'abattoir, où ils l'égorgeaient ; le peuple se peignait le visage de son sang, qui portait bonheur ; sa carcasse était débitée en morceaux qui atteignaient des prix ahurissants, et finissaient dans les restaurants les plus chics de Paris. Le peuple nourri de lapin et de vieille poule adorait ce moderne Veau d'or et le haïssait. Une année, le bœuf, trop gros, affolé par la foule, arraché à ses prairies normandes et précipité sur le pavé inégal de Paris, avait chuté, se cassant la patte ; il avait fallu l'abattre sur place et l'on avait vu le peuple se partager ses morceaux saignants. Je ne sais comment certains ont pu trouver cette fête bon enfant, joyeuse.

Aux Halles, sur les étals des bouchers, je vois des carcasses ouvertes et obscènes, des côtelettes, des gigots, du foie, des filets. Toutes les nuances, du rose à l'écarlate, de l'incarnat au brun luisant du foie, sont présentes. Mais je ne vois là qu'un sujet de nature morte et je dois me rendre à la raison : *L'Origine du monde* n'eſt pas une nature morte, parce que la femme qui eſt là eſt bien vivante. Ce n'eſt plus au Bœuf gras du carnaval saigné par les bouchers que me fait penser ce tableau, mais au taureau qui s'apprête à être sacrifié dans l'arène.

Je repense à ce conte de Nodier, à ce poème de Gautier, *Inès de las Sierras*. Perdus dans la sierra, trois gentilshommes français trouvent refuge dans un château ; mais le fantôme d'une belle Eſpagnole, Inès, vient hanter leur nuit. Elle danse un boléro pour eux, avec ses caſtagnettes, la taille renversée, mais dans sa gorge, ils aperçoivent une tache de sang, la marque du couteau de son amant qui l'égorgea. Ils sont comme hypnotisés par cette trace vermeille. Assis dans sa loge du Gymnase, Gautier trouve refuge dans ses rêves ; mais la belle Petra Camara vient le réveiller. Elle incarne Inès de las Sierras et semble danser pour lui seul la *cachucha*, impassible et voluptueuse ; mais son œil eſt attiré par un détail. Lorsqu'elle relève ses jupes, elle dévoile, d'un geſte bref, la *divisa*, cette cocarde dont on pare le taureau avant qu'il n'entre dans l'arène. Au centre du tableau de Courbet, mon œil eſt attiré par ce qui n'eſt ni un émail, ni un camée, ni un bouton de rose, ni une blessure, mais bien une *divisa*.

Dans le *Château de Blonay* sous la neige, La Narde devine une source figée par le froid ; dans *L'Origine du monde*, il entrevoit la source du plaisir, pareillement humide et ourlée d'herbes sauvages, dégelée par le printemps du désir.

Moi, j'y vois une *divisa*, cette marque que le propriétaire du taureau agrafe à son encolure. Conſtance, que le Turc promenait à son bras, habillée et parée, marquée de bijoux qui étaient autant de cocardes, aurait pu finir comme ces bêtes que l'on promène dans les rues. Mais elle a arraché cette cocarde et en dévoile fièrement une autre, qui n'appartient qu'à elle.

Une *divisa* cachée, pareillement incarnate, signe de son triomphe tranquille et certain, de sa force confiante. Une *divisa* dont on dit que les femmes, entre elles, savent jouer. Je repense à ces confidences d'Albéric Second sur Constance et ses goûts, son aptitude à se passer des hommes.

XXIII
Dans lequel Eugénie Fiocre évoque un chêne

Notre époque est celle qui a poussé le plus loin la perversion, les goûts bizarres. Notre fin de siècle aime les femmes maladives, les tuberculeuses. J'ai croisé hier Jean Lorrain. C'est un inverti, richissime, fils d'armateur, décadent, oisif. Il aime les hommes ou les femmes qui n'en sont pas encore, ou qui n'en sont pas vraiment. Il s'éprend de ballerines impubères, de petites filles tout en angles, dont les poitrines n'ont pas poussé, d'androgynes qu'il ramasse sur le faubourg, de rats, et croyez-moi, avec leurs museaux pointus, leurs pattes sèches, leur petit chignon bas aplati, ces gamines portent bien leur nom. Il y met un snobisme, une passion étrange. On a presque envie de le suivre dans ses équipées sauvages pour voir jusqu'où il descendra. Les tuberculeuses l'excitent, l'hôpital est le cadre de ses idylles. Maintenant qu'il a presque épuisé la passion des rats androgynes, des hermaphrodites, qui lui ont, entre parenthèses, filé la syphilis, connaissez-vous son nouveau passe-temps ? Il va au cirque, il observe les acrobates et attend qu'ils tombent. Il éprouve des sensations que le sexe ne lui a jamais données. Il aime le café-concert, le music-hall, les corps qui se désarticulent, se défont, ne sont plus que rythme et saccade, où la chair disparaît. On me dit qu'il collabore à une revue qui s'appelle *Le Chat noir*. Ça ne m'étonne pas. Un chat noir, tombé d'une gouttière, efflanqué et dont on ne sait s'il est mâle ou femelle : voilà un amour digne de lui. Comment Goncourt peut-il apprécier sa compagnie ?

Mais Jean Lorrain n'est que la manifestation la plus décadente de notre époque invertie, stérile. Quand nous voyons une jolie fille, nous la changeons en homme. J'ai dit, redit qu'à l'Opéra il n'y avait plus de grande danseuse et même Gautier était d'accord. Je me suis trompé. Il y avait Eugénie Fiocre. La plus ravissante, la plus mutine. Toute fine, svelte, aguicheuse et l'œil coquin. Et drôle, avec ça. Degas l'avait immédiatement repérée. Dès son premier rôle, dans *La Source*, en 1866. Qu'avons-nous fait d'elle ? Un travesti. Cette fille n'a connu le succès que déguisée en garçon. Les spectateurs de 1870 détestaient tellement les hommes qu'ils avaient banni les danseurs de la scène. On n'en voyait quasiment plus, tous les rôles étaient joués par des filles. Il faut être sacrément pervers pour avoir confié le rôle de Franz à Eugénie Fiocre, la plus jolie des ballerines. Mais quelque chose me dit que l'on n'aimait pas les femmes non plus.

Je l'ai vue hier, au théâtre, ravissante dans sa loge, toujours fine, toujours jolie, devenue marquise de Créquy par la grâce d'un mariage, et portant bien, ma foi, son titre. Alors que je la questionne avec prudence, sur son passé de ballerine, sur Constance, elle me parle franchement et devance mes questions.

"Oui, on me donnait des rôles de garçon. J'ai fait Cupidon, Franz, des princes charmants. Des elfes… Quand vous êtes un homme, vous pouvez montrer vos jambes. En fait, on travestissait en hommes les filles qu'on trouvait vraiment filles et qu'on voulait voir presque nues. C'étaient donc celles qui avaient les plus belles jambes qui faisaient les rôles d'hommes. On m'a parfois prêté des mœurs étranges. Comme on en a prêtées à

Constance ! Quelle erreur… Que nous n'avons jamais essayé de dissiper, notez-le bien. On laissait dire les imbéciles. Nous n'avons jamais dansé ensemble, mais nous nous connaissions bien. Savez-vous que mon premier rôle date de 1866, l'année de *L'Origine* ?"

Je dresse une oreille. C'est la première fois qu'une femme me parle d'elle-même de ce tableau, aborde la question, et ne fait pas semblant de ne pas le connaître.

"D'abord, Constance n'aimait pas les femmes. Ou alors, pas comme vous l'imaginez. Elle avait des amies, et elle était généreuse avec celles tombées dans la débine. Mais elle aimait les hommes, et surtout, elle a aimé un homme ; et cet homme, c'était Courbet. Elle ne l'a pas rencontré par hasard, elle n'a pas été présentée, elle n'a pas obéi à une demande de Khalil-Bey. Courbet, elle le connaissait depuis longtemps. Elle s'était rendue à son Pavillon du Réalisme en 1855. Il y a si longtemps… Elle dansait encore. C'est elle qui me l'a raconté. En cela, rien d'étonnant ; beaucoup de Parisiens y sont allés. Mais ce qui est plus étrange, c'est qu'elle a tout de suite compris Courbet et son art. On a beaucoup dit que Constance était inculte. C'est vrai ! Comment aurait-il pu en être autrement ? Elle avait juste appris à lire et à écrire. Aussi écoutait-elle Courbet réciter son catéchisme révolutionnaire avec vénération. Car il adorait parler et adorait qu'on l'écoutât. Et il était d'autant plus sûr de lui qu'il était autodidacte. Mais Constance, d'instinct, comprit sa peinture, parce qu'elle ignorait tout du bon goût, et du goût tout court ; les étiquettes de réaliste, de romantique, de naturaliste que l'on épinglait sur un peintre ne lui disaient rien, et de toute façon, elle ne lisait rien – rien, à part les articles qui parlaient d'elle. À cela s'ajoutait le rejet des institutions, de la morale, des règles et des codes. Constance quitta l'Opéra après une blessure. Le directeur, les chorégraphes, le maître de ballet l'oublièrent très vite ; elle n'avait pas un sou en poche, et avait perdu l'accès au Foyer de la danse où elle aurait pu se refaire. Mais elle avait la réputation d'être une chanceuse, depuis qu'un décor, tombé des cintres en l'effleurant, l'avait épargnée; d'où son succès dans les cercles de jeu, où les plus gros joueurs n'imaginaient pas s'asseoir sans elle devant le tapis vert. Et c'est bien ainsi qu'elle rencontra Khalil-Bey. Sa fréquentation des cercles de jeu, où des fortunes pouvaient fondre en une nuit, son ressentiment contre l'Opéra, qui l'avait presque chassée, après l'avoir si mal payée, ce même Opéra qui vendait si cher aux abonnés le droit d'accéder à l'intimité des danseuses, tout cela avait fait d'elle une révoltée. En 1866, je me le rappelle, parce que je faisais mes débuts, elle n'avait pas de mots assez durs contre l'Opéra et ces messieurs. Elle écoutait Courbet quand il récitait ses couplets républicains et socialistes; je me demande même si elle ne l'encourageait pas. Elle haïssait l'Empire finissant, dont elle avait vu les saletés dans les coulisses. Lui vomissait l'Académie, toute cette peinture correcte, lisse, fade; et elle, elle ne supportait plus la danse qu'on lui avait enseignée, ces mièvreries. Ils étaient faits pour s'entendre. Et pour s'aimer.

Elle comprenait sa peinture. Elle disait que le *Chêne de Flagey* était un portrait, que cet arbre, c'était quelqu'un. Elle avait raison. Ce chêne immense enraciné dans la terre du Jura, dont on ne voyait pas la cime, dont les racines puissantes se devinent sous la terre, dont les branches, à gauche et à droite, sortent du cadre, c'était Courbet. Et c'est par jeu et défi, et pour être à égalité avec lui, qu'elle lui a demandé de faire la même chose avec elle. Un portrait où on ne verrait pas sa tête, ni ses jambes, ni ses bras. Et il a peint *L'Origine*."

Décidément, je commence à me dire que ces deux-là, le peintre et son modèle, sortaient du cadre.

XXIV
Où Du Camp rencontre une belle Irlandaise

Faut-il croire à cette autre Constance, qui n'aurait pas fait que poser, mais qui aurait regardé, compris, suggéré, accompagné Courbet? Qui sont ces modèles, dont on ne retient presque jamais le nom, qui se taisent, qui semblent n'être que la chair dont on fait les images? Jo Hiffernan, la rousse qui enlace la brune Constance dans *Le Sommeil*, est à Paris. Parle-t-elle, ou aime-t-elle se taire? Raconte-t-elle ce qu'elle sait? A-t-elle aperçu, entre le peintre et son modèle, de ces gestes qui ne trompent pas?

Jo Hiffernan parle un français délicieux, avec un accent d'Irlande. Et Durand-Ruel était en-deçà de la vérité: je n'ai jamais vu une chevelure si belle. Je reconnais immédiatement la blonde du *Sommeil*.

“Vous imaginez peut-être que Courbet l'a fait poser ainsi? Ou que c'est son nabab qui a donné des instructions précises, pour avoir dans sa salle de bains ce tableau-là? Mais vous n'y êtes pas du tout. Ce que Khalil-Bey voulait, c'était un tableau avec deux femmes, saisies avant l'amour, ou après. Nous avons posé, Constance et moi, enlacées, pour *Le Sommeil*, et *Le Réveil*. Courbet lui-même plaçait ses femmes dans un paysage, près d'une source, sur un lit de verdure – ou sur un lit vert, qui fait comme une forêt profonde, comme dans cette *Femme au Perroquet*. La garce me ressemble un peu, mais ce n'est pas moi… Échevelée, la tête renversée, elle a un sourire féroce rappelant le bec de sa bestiole, aux couleurs criardes, menaçante, qui déployait ses ailes comme un rapace. Ce n'était pas le genre de Courbet de peindre une femme avec un petit toutou docile. L'oiseau s'est envolé de son perchoir et tout suggère qu'il n'y retournera pas. Il ne répétera pas ce que dit sa maîtresse – à la voir si sauvage, on doute d'ailleurs qu'elle sache parler. Les femmes de Courbet, et ses animaux, ils disent non. Sa truite dit *non, je ne veux pas mourir* ; son cerf dit *non, je veux encore courir dans les bois* ; et ses femmes disent *non, l'eau est froide, je me baignerai demain*. Vous ne voyez en moi, ou en Constance, que des modèles. Rien n'est plus faux. C'est Constance qui a eu l'idée de ce tableau sans perroquet et Courbet, qui aimait les femmes de caractère, a tout de suite accepté. Sans perroquet – et sans source autre que son sexe. Avec un drap, tout de même. Mais sans courtille, collier de perles, verre de vin, table basse, émaux ni camée."

Là-dessus, Jo me congédie, d'autres peintres, d'autres amants l'attendent ; elle ne dit pas *non*, elle dit *jamais*, alors que je sens que j'aurais pu l'aimer, si j'avais encore eu un peu de temps ; et c'est moi qui me dis, non, ne ferme pas ta porte, non, je veux contempler encore ta chevelure, cette cascade d'or vivant et liquide, cette source de feu, je veux plonger mes mains dedans, et connaître le sommeil à tes côtés.

XXV
Où Du Camp écoute les aigreurs d'un vieux monsieur fâché

Frustré je suis, d'avoir été congédié par la belle Irlandaise ; mais le vieillard sec qui me fait face a été congédié par l'époque, et sa frustration à lui a pris une dimension universelle. Charles de Boigne est un vieux monsieur en colère et tout desséché d'aigreur. Il est persuadé d'être le seul survivant d'une époque révolue, celle de la splendeur de l'Opéra. Pour lui, la décadence a commencé en 1835, avec le départ du docteur Véron pour d'autres cieux lucratifs, et la suite n'a été qu'une longue dégringolade, avec des caisses moins remplies, des directeurs moins avisés, des danseuses se reposant entre deux entrechats, se ménageant, se blessant tout de même, et exigeant des cachets exorbitants. Il a égrené ses souvenirs dans des *Petits mémoires de l'Opéra*, qui étaient déjà nostalgiques en 1857 ; c'est sa seule conversation. Gautier jugeait le bonhomme ennuyeux et le fuyait comme la peste ; il m'avait tout de même laissé un exemplaire de ces acrimonieux souvenirs, cornant la page où Constance était évoquée.

“Les danseuses d’aujourd’hui, ce sont des cambrioleuses ! Cambriole et cabriole, voilà leurs occupations. Elles vident les caisses de l’Opéra avec leurs cachets et leurs pensions. La Rosati, qui n’a jamais dansé avec le génie d’une Elssler, d’une Grisi ou d’une Taglioni, gagne plus qu’elles n’ont jamais gagné. Ses consœurs, qui ont encore moins de talent qu’elle, achètent des actions et font des placements à la Caisse d’épargne. Vous invitez une de ces demoiselles, vous vous imaginez roucouler avec un petit oiseau des îles, et l’oiseau ne chante pas, il veut parler de la Bourse. Est-ce que Carlotta Grisi mettait des louis dans une tirelire ? Fanny Elssler n’épargnait pas, elle épousait un margrave, cela avait plus de panache. Je ne connais rien de plus rapace qu’une pensionnaire de l’Opéra. Pensionner les Étoiles, passe encore. Mais les Sujets ? Elles achètent boulevard Malesherbes, elles invitent dans leurs maisons de campagne, elles ont de la domesticité. Leurs cachets paient le coiffeur, la modiste, le cuisinier ! Croyez-moi, elles ont des ressources que les honnêtes femmes n’ont pas. Elles ne sont pas à plaindre, allez !”

Je laisse le bonhomme s’empêtrer dans des considérations de saine gestion ; il se pique de politique, veut que l’État tienne ses comptes, et j’ai le plus grand mal à le ramener à ces demoiselles, et à leur art.

“Autrefois, les danseuses avaient des destins romanesques. Tout le monde parlait de leurs caprices, de leurs histoires d’amour, des lettres enflammées que les poètes leur écrivaient, de leur talent. Constance Quéniaux, je m’en souviens, hélas. J’ai dit dans mes mémoires qu’elle était *fort agréable.* Elle était de la race des Céleste Emarot, des Caroline Lasciat. Elles étaient *secondes premières danseuses*. Elles gagnaient trois à cinq mille francs d’appointements, quand Couqui était à douze mille, et la Rosati à soixante mille. La Carabin était encore en dessous d’elle…”

Je m'étonne de son *hélas* bruyamment expiré. Regretterait-il les entrechats de Constance ?

"Constance Quéniaux, je la tiens pour une des fossoyeuses de cet art que j'ai tant aimé. C'était, ma foi, une assez bonne danseuse. Quelle n'a pas été ma surprise de la retrouver au bal de l'Opéra alors qu'elle était encore ballerine ! Le docteur Véron parti, tout alla à vau-l'eau. Pour remplir les caisses de l'Opéra, on y organisa des bals pendant le carnaval. Les directeurs eurent la riche idée de faire venir Philippe Musard, un chef d'orchestre qui sévissait dans les théâtres à la mode. Il composait des quadrilles, pourquoi pas ? Mais sur ces quadrilles, il fit danser le coin-coin, ou cancan, appelez cela comme vous voulez ; pour moi, ce sera toujours du coin-coin, une danse inélégante, un dandinement de canes cherchant à attirer leur mâle. Ou une danse de blanchisseuses. Les ouvrières de Paris, une fois l'an, abandonnaient leurs ballots de linge sale, quittaient leurs lavoirs, et elles s'emparaient des rues, des bastringues, et elles dansaient sans les hommes, sans règles, sans mesure, sans décence ! Elles soulevaient leurs jupes, dévoilant leur jupon, leur pantalon et leur culotte. Peut-être cherchaient-elles à montrer comme elles blanchissaient bien leur propre linge ? J'en doute, je n'ai pas toujours vu que du propre. Ces danses auraient dû rester là où elles étaient nées, dans le caniveau. Mais on leur permit d'investir l'Opéra. Ce n'était pas encore assez de faire venir cette horreur dans le temple du goût. Pour attirer les hommes, plusieurs semaines avant le début des festivités, on envoyait à toutes les femmes perdues de Paris des invitations. Leurs noms étaient conservés aux archives de l'Académie royale de musique, la liste était scrupuleusement mise à jour chaque année. Non pour la communiquer à la police, mais pour les inviter, comme des reines ! Et elles se comportaient bien comme les reines du carnaval. Le directeur insistait pour que les rats restent après le bal ! Une foule immense convergeait vers l'Opéra, indistincte, masquée, travestie, barbare. Les femmes comme-il-faut se mêlaient aux ouvriers, aux débardeurs, aux forts des Halles, à leurs femmes de chambre en goguette. Maîtresses et servantes étaient en débardeuses, avec un pantalon moulant leur croupe et leurs cuisses. Elles pouvaient alors éprouver des émotions fortes. L'une d'elles me confessa qu'elle s'était plus amusée au bal de l'Opéra qu'à l'exécution de Lacenaire. Musard levait son archer, et la folie commençait. Il avait inventé le *Quadrille des naufragés de la Méduse*, le *Quadrille de la chaise cassée*, le *Quadrille du diable*. Toute la foule sautait sur un immense plancher de bois qui recouvrait le parterre de l'Opéra. Les danseurs se répandaient partout, dans les escaliers, sur la scène, dans les étages, dans les loges, où il se passait des choses terribles, où l'on entendait des mots ignobles. Ce n'était pas un bal, c'était une orgie. La lie du peuple et les femmes du monde se livraient à des danses horribles, convulsives, tous poussaient des cris sauvages. À cinq heures du matin, il y avait des masques endormis, ivres, dans les escaliers ; leurs costumes étaient souillés de vin et de sueur. L'un d'entre eux avait perdu son domino : je reconnus Constance Quéniaux. Son maquillage avait fondu, le rouge et la céruse avaient coulé, son costume de débardeuse était déchiré. Je ne connais pas ce tableau dont vous me parlez depuis tout à l'heure. Cette horreur m'aura été épargnée. Mais j'imagine que c'est dans des circonstances semblables qu'elle aura posé : elle devait être ivre, ce peintre l'aura ramassée là, ramenée dans son atelier, et peinte ainsi, assommée par l'alcool et la fatigue.

Ce que je compris plus tard, en enquêtant, c'est que Constance était une habituée de ce bal. Elle aimait cette ambiance d'émeute, ces saturnales infâmes. J'ai dit du bien d'elle dans mes mémoires, et je le regrette. Avec elle, le ver était dans le fruit. Elle était cette belle danseuse en tutu, aux grands yeux noirs, aux œillades langoureuses, élégante, pure, racée, et cette femme sauvage, hystérique, dansant une convulsionnaire de

Saint-Médard, moulée dans son pantalon rouge. Elle a trahi son art, elle a répandu le cancan partout, comme une lèpre."

Je fuis ce vieux tout en bile et en aigreur, qui aimerait que je reste toute la soirée avec lui, pour me prouver combien l'époque est décadente, et combien sa jeunesse à lui fut dorée. Il m'assomme. Mais je comprends mieux maintenant à quel point Constance est responsable de ce tableau, comme on est responsable d'un incendie, comme on est responsable d'un assassinat. Elle savait ce qu'elle faisait. Je la voyais en modèle passif, bête à manger du foin, en maîtresse intéressée, en ballerine retraitée, boiteuse et désargentée. Je m'étais trompé. Constance avait choisi ses amants ; elle avait aimé Courbet pour ce qu'il était, un destructeur du monde ancien ; elle avait sciemment posé ainsi, pour reléguer aux oubliettes l'art d'avant, ses nus érotiques et faciles ; et elle était passée sans façons de la sylphide à la gueuse, de la créature éthérée à la femme puissante, tenant le monde entre ses cuisses, maîtrisant l'origine des choses et leur fin. Si Paris s'est embrasé, si Paris a grillé dans les incendies de la Commune, emportant avec eux le bon goût, les amours élégantes, je gagerais que c'est parce qu'elle et ses semblables avaient allumé la mèche, en toute connaissance de cause.

Dans les bals des faubourgs qu'elle fréquentait, la Chaumière, le bal Mabille, ou au bal de l'Opéra du très avisé Philippe Musard, elle a peut-être rencontré Céleste Mogador, cette femme aux mille métiers, cancaneuse et comtesse, directrice de théâtre et fille encartée. Fille publique et femme d'affaires, publiciste douée, appâtant le public par des affiches tapageuses. Laquelle a appris des pas à l'autre ?

XXVI
Où l'on découvre Mogador, qui était sur la route de Tombouctou, mais s'arrêta au Vésinet

Difficile de reconnaître, dans la rombière à la taille épaisse qui me reçoit dans son salon tout en velours, Céleste Mogador, la reine du Bal Mabille, la gamine misérable née dans les faubourgs de Paris, maltraitée par son beau-père, fugueuse recueillie par une putain, échappant de peu au dépôt de Saint-Lazare, et épousée par un authentique comte à particule. Elle a parcouru tout Paris, d'un atelier de chapelier aux ors du faubourg Saint-Germain, où les dames comme-il-faut faisaient la moue en la recevant – les mêmes qui, selon le vieux de Boigne, allaient voir guillotiner Lacenaire et Fieschi et s'encanaillaient masquées ; et déçue par ces dames, trouvant le faubourg Saint-Germain trop petit pour elle, elle a parcouru la terre entière, lorsqu'elle a suivi son diplomate de comte dans le bush australien. Elle a dû y voir des danses de sauvages, mais pas pires que celles dont elle lança la mode à Paris. Elle coule des jours presque paisibles au Vésinet, où elle feint de cultiver les roses.

Malgré son prénom, Céleste garde les pieds sur terre et la tête sur les épaules. Si Constance aimait le cancan, elle a dû le danser, et pas qu'au bal. Je lui tends des portraits photographiques de Constance, pris par Nadar et Disdéri. Elle est en robe noire ou blanche, sa taille est très fine, serrée par un corset ; une crinoline tend une jupe qui s'évase en un nombre impressionnant de volants noirs ; volants encore sur ses manches, plastron sur sa poitrine, ruban autour du cou.

"Je reconnais cette femme ! Elle se joignait à nous pour danser le cancan. Elle venait seule, elle repartait seule. Une voiture devait l'attendre quelque part. Elle était pour nous un mystère. On ne savait qui elle était. Elle n'était pas une dame de la haute, et pourtant quelle tenue ! Mais elle n'était pas non plus une des nôtres."

Je lui révèle l'identité du modèle, sa carrière de danseuse, sa présence dans les cercles de jeu, son goût pour le carnaval, son histoire avec le diplomate Khalil-Bey et, sans doute, avec le peintre Courbet. Je lui décris le tableau. Mais Céleste ne connaît pas ce petit monde.

"Je n'ai jamais entendu parler de ce tableau, il devait être un secret bien gardé. Mais j'imagine que c'était un pied-de-nez, une provocation. Or la provocation, la révolte, c'était notre domaine à nous, les reines du chahut ! La clé de votre énigme, elle est peut-être là. Votre de Boigne vous dit que le cancan est la riche invention des blanchisseuses de Paris, et qu'il a été mis en musique, anobli par Musard en 1840. Né dans la crotte, il se serait donné un bon genre en changeant de trottoir, d'arrondissement, en passant des lavoirs aux loges. Il est plus malin que tout le monde, celui-là, car je dirais moi que le cancan était un grand gamin de quinze ans déjà à cette date-là, de père et de mère inconnus. Si j'avais pu avoir cette chance ! On raconte bien des bêtises sur son origine, certains parlent de la *cachucha* espagnole, d'autres de la polka des Slaves. On m'a même parlé d'un entrepreneur de spectacles anglais qui l'aurait ramené de Londres. Je le tiens pour français et parisien, porté sur les fonts baptismaux par son parrain, un étudiant du Quartier latin ou un voyou, et sa marraine, une blanchisseuse effectivement, qui lui donnèrent *chahut* comme petit nom. Ces jeunes messieurs de la Sorbonne se regroupaient en sociétés. Il y avait la Société des Cochons, celle des Badouillards, des Flambards, des Braillards. Ils avaient une charte, ces dames devaient jurer sur l'honneur de danser sans corset ni chapeau. Ils organisaient le carnaval et buvaient sec, se réunissaient dans des cabarets aux portes de Paris où le vin n'était pas taxé, et ils dansaient. À un moment précis, le violoniste faisait un signe de son archer, et les danseurs, un par un, au centre de la piste, improvisaient. Ils se défiaient par des sauts, des gambades, des tours de souplesse et des grimaces. Le public les encourageait par des cris. Il y avait un certain Chicard, qui s'était inventé un costume inimitable. Dès qu'il arrivait, c'était la révolution : personne ne dansait comme lui, il retournait une salle. Son chahut, c'était comme une révolte, le vacarme d'étudiants se révoltant contre leurs professeurs et faisant claquer leurs pupitres. Mais c'était compter sans nous, les filles ! Nous aimions nous faire remarquer aussi. Nous avons pris goût à cette danse, où nous avions quelques minutes pour improviser, seules, au centre, une danse selon notre caprice. Il fallait que ce soit brillant, nouveau, sensuel, rapide. Point de règle, hormis celle de mettre le feu à la salle. Chacune d'entre nous avait sa danse et les meilleures gagnaient un surnom. Je me rappelle la pauvre reine Pomaré, ses toilettes et ses bijoux étranges, si exotiques qu'on les aurait bien vus à Tahiti, sa polka rapide et sensuelle ! Elle était la princesse du Ranelagh, la grande-duchesse de la Chaumière, et Gautier et Banville l'admiraient ! Nos noms étaient connus, tout Paris venait nous voir. Hélas, elle est morte pauvre, jeune, et malade comme il se doit, en 1847. Moi, j'ai explosé comme un feu d'artifice en 1850, et on m'a appelée Mogador, en souvenir de cette ville-perle, sur le chemin de Tombouctou la Mystérieuse, que notre armée avait bombardée. J'étais difficile à prendre ! Et le Bal Mabille est devenu le centre de Paris. Vous savez qu'en pleine Exposition universelle, l'Empereur a voulu y venir, incognito, s'encanailler avec le tsar de Russie ? Ils ont été reconnus, et ont dû rentrer aux Tuileries… Je lui aurais bien montré la gigue, tout de même.

La police nous donnait la chasse. Cette danse était interdite, tout simplement. Nous faisions trop de vacarme, même pendant la période du carnaval où, croyez-moi, toute la ville était prise de folie. Nous défiions les bonnes mœurs, avec nos danses de sauvages, où les femmes en montraient trop. Parmi nous se cachaient des filous, des voyous, et parfois des assassins. Il y avait un pas qu'on avait appelé le Robert Macaire, en hommage de ce bandit d'honneur, qui maniait l'eustache et tuait les cognes ! Ce qui ennuyait les braves gens, c'est que notre danse ne ressemblait à rien, elle était indescriptible, elle était née comme ça, d'un coup. Mais ils avaient raison : le chahut des étudiants annonçait la révolte des ouvriers de faubourg, qui se joignaient à nous, celles des bonnes, qui envoyaient promener leurs maîtres, celle des femmes, qui sortaient sans chaperon, et celle des sujets, qui allaient congédier sans ménagement Charles X le Satisfait, Louis-Philippe la Poire et Napoléon III Badinguet.

Votre Constance aimait cette danse. Sur ces photographies, je la reconnais, bien sûr, mais ce n'est pas elle. Je vois là une femme qui se tient, qui sait que les gens de bien, les chroniqueurs de théâtre, les rivales de l'Opéra, la jaugent. Je vois une femme à la taille étranglée par un corset, aux poumons comprimés par des baleines, au souffle empêché, aux mouvements gênés par une crinoline, dont chaque geste doit être lent et majestueux. Nous restons sagement assises, nous nous évanouissons, vous nous croyez modestes et sentimentales, mais nous manquons d'air. Je vois enfin une demi-mondaine qui cherche à avoir l'air respectable, à faire oublier son passé. Cela, c'est impossible. Elle et moi, nous mourrons peut-être riches, mais nous ne serons jamais des dames, alors même que nous laisserons notre fortune ou ce qu'il en reste aux bonnes œuvres. Elle a l'air vieux, alors qu'elle n'a pas trente ans, terne, triste et sage. Voilà un corps contraint par la morale, la danse, les amours vénales. Mais quand cette femme était parmi nous, elle était libre, heureuse et indomptable. Allez voir nos danses, apprenez à les aimer, rencontrez Rigolboche, ou une autre. Ce n'est pas à l'Opéra que vous comprendrez quelque chose au tableau que vous me décrivez, mais dans nos bals. Amusez-vous, monsieur Du Camp."

XXVII
Où Rigolboche donne une leçon de guitare à notre narrateur

D'emblée, Rigolboche me tutoie. C'est Céleste Mogador qui m'a dit d'aller la voir ; mais Rigolboche affecte de peu la connaître et d'être beaucoup plus jeune. Elle porte bien son nom : elle est drôle, vulgaire, et sans façons, même sans manières.

"Quand on m'a présenté Constance, vers 1865, j'ai fait la fine bouche. Y avait pas plus opposé qu'elle et moi. L'année où elle quittait la scène, en 1858, je faisais mes débuts au Bal Mabille. Rien que cela, ça vous fâche à mort deux femmes. D'après ce que je savais, les danseuses de l'Opéra étaient bien sages, elles formaient comme une petite armée. Nous les cancaneuses, on était des déserteuses. On ne respectait rien. On avait quand même des noms empruntés aux soldats. Mes amies avaient pour nom Baïonnette, Carabine et Mousqueton. Nos noms insultaient le bon goût. Et mes amies d'aujourd'hui s'appellent Grille d'Égout, la Môme Fromage, la Goulue et Nini-Patte-en-l'air. Et le mien, vous l'entendez claquer ? Je suis une rigolote, je suis là pour m'amuser.

On m'a raconté que les filles de l'Opéra faisaient le papillon. Quelle niaiserie ! Elles obéissaient aux hommes ; au directeur, au chorégraphe, au maître de ballet, à leurs amants par-dessus le marché, un comble, comme s'ils étaient faits pour ça. Elles formaient un petit régiment discipliné. Tout le corps de ballet exécutait ensemble le même mouvement, suivant le rêve blanc inventé par un maître de ballet. Elles souriaient tout le temps, elles étaient muettes, comme des ombres. Elles étaient tout en retenue, en légèreté, en élégance, en courbes, aériennes. Constance m'a raconté qu'on leur apprenait à ne pas faire de bruit en retombant. Il y avait deux pas très difficiles, qu'elle avait dû apprendre pour *La Sylphide* : l'*arabesque* et la *sissonne*, un pas et un saut gracieux. Tout cela, c'était pour suggérer l'envol, le désir de s'élever, d'être une âme. Nous, c'était l'invasion des sauterelles. On a envahi Paris et bouffé Paris comme jadis les criquets en Égypte. On était plus redoutables encore. On était bien comme des sauterelles, tout en angles aigus, en longues pattes, on dansait avec des sauts imprévisibles et désordonnés. Et comme des mantes religieuses, gare au mâle qui tombait entre nos pattes pointues. On s'habillait de couleurs criardes. On ne cherchait ni à être belles, ni à sourire. On s'esclaffait, on ricanait, on grimaçait, on tirait la langue. On criait, on jacassait, on interpellait le public. On n'obéissait à aucune chorégraphie. On dansait, chacune à son tour, chacune inventait son petit pas, sa petite provocation. On retombait lourdement sur le sol en grand écart, on frappait le sol avec nos talons, on faisait le plus de bruit possible. On allait au cirque pour regarder ce que faisaient les clowns et les acrobates ; on marchait sur les mains, on faisait la roue. Les demoiselles de l'Opéra cherchaient, dans un saut, à atteindre le firmament ; on montrait notre lune. Une d'entre nous avait vu une expérience avec une pile électrique ; elle faisait pareil, elle se secouait comme si elle avait été parcourue par ce fluide bizarre. Une autre faisait l'épileptique, elle avait regardé sa mère, souvent secouée par le haut mal.

Moi, je me contorsionnais, je me pliais en forme de Z, j'aurais pu faire toutes les lettres de l'alphabet et envoyer une belle missive au public, mais je préférais le Z ! et je criais : "Allons, messieurs, un peu de place !" Je vais te montrer.

Elle se lève.

"Les demoiselles de l'Opéra, elles croisent leurs mains sur la poitrine, en signe de chasteté. Nous, on faisait *la cloche*, comme ça. Un pied faisait le battant de la cloche. On faisait aussi *la cathédrale* : on s'y mettait à trois, et on levait chacune une jambe, elles se touchaient, ça faisait comme un petit clocher. On défiait les curés. Les soldats, aussi. Dans les faubourgs, on n'avait pas oublié le massacre de la rue Transnonnains, et depuis les Versaillais nous ont envoyé la troupe ; alors on faisait *la charge*, en fonçant sur le public en gueulant, et *le port d'arme*." Effectivement, elle prend sa jambe dans sa main et me menace avec, comme s'il s'agissait d'un fusil. J'aurais presque peur. "On montrait notre culotte aussi, on se penchait en avant et on retroussait nos jupes, dos au public. Certaines filles brodaient des messages sur leurs culottes, qui un cœur, qui une flèche, qui une cocarde. J'ai inventé la *série* en 1858. J'étais sur scène et les spectateurs se mettaient plutôt en contrebas pour me regarder. Je levais mes jupes jusqu'à ma taille, tout en levant une jambe, dix fois, vingt fois. Désormais, toutes les filles du cancan dansent comme ça. Et puis j'ai inventé *la guitare*, aussi. Il y avait pas mal d'inventeurs dans ces années-là. Nadar a fait sa première photo dans les airs, depuis une montgolfière. Et puis un armateur a fait un grand bateau avec une coque tout en fer. On ne m'a décerné aucun prix à l'Exposition universelle, et pourtant la guitare a beaucoup fait pour la renommée de la France. Je jouais d'une guitare invisible, et certains, des mal intentionnés, voyaient une femme se caressant l'amande.

Constance venait dans les bastringues avec son Turc, qui était avide d'émotions fortes, et voulait découvrir Paris.

Pour entrer à l'Opéra, il n'y avait qu'à payer son billet, et il avait tellement d'argent que cela ne l'amusait plus. Il voulait des choses que son argent n'achèterait pas. Alors il demandait le Bal Mabille, les Délassements comiques. Constance Quéniaux lui servait de guide. Elle me racontait cela. Il y avait du beau monde tout de même. Un collègue à vous a fait mon portrait dans un petit poème. L'année où son Turc a payé le tableau ! Mais patience, écoute-moi bien. Tu vas tout savoir.

Ce qui n'était pas prévu, c'est que Constance ne serait pas spectatrice et qu'elle se prendrait de passion pour notre danse. Je croyais qu'elle ne pourrait jamais danser comme nous. Elle avait de la technique, c'est certain. Un peu perdue, elle n'avait pas dansé depuis longtemps. Mais elle avait ça dans le sang ! Mogador t'a dit qu'elle savait déjà danser ? Fadaises, c'est moi qui lui ai montré. La Mogador ne sait pas : elle a eu son heure de gloire en 1850, je jouais encore à la poupée.

Toujours est-il que cette danse, ça leur a donné des idées, à Constance et à son Turc. Ils nous voyaient lever nos jupes, dévoiler nos culottes fendues. Un jour j'ai fait tomber son chapeau du bout de ma chaussure. Du temps de la Mogador, ou de la reine Pomaré, les filles relevaient leurs jupes jusqu'à la taille. Nous, on relevait la jupe jusqu'à notre tête, tout en montant une jambe presque à la verticale ; imagine un grand écart, mais debout. On avait l'obligation de porter des culottes cousues ; la maréchaussée n'ayant pu interdire nos danses, avait délégué un fonctionnaire assermenté, qu'on appelait le Père la Pudeur. Le pauvre vieux se baladait avec des épingles à nourrice dans sa poche, tentait de voir qui avait mal cousu sa culotte, et distribuait ses épingles, mettant à l'amende les plus récalcitrantes. On le faisait tourner en bourrique. Les spectateurs regardaient, médusés, ces promesses qui affleuraient sous notre linge, qu'on dévoilait rapidement. Ils avaient vu la Gorgone. Constance et son pacha ont voulu y aller *franco*. Pourquoi ne pas montrer franchement ce qu'on s'amusait à suggérer ? Le Turc pensait que, rentré au pays, ce tableau lui rappellerait ses virées avec ses bonnes amies parisiennes. Il savait bien que ses houris lui feraient la danse des sept voiles. Mais elles ne seraient jamais à la hauteur de Rigolboche ! Le tableau dont tu me parles, mon coco, c'est un souvenir. Un souvenir arrangé : le cancan ça va vite et on voit de loin. Là, l'image est arrêtée, c'est plus commode."

Et soudain, la vérité m'apparaît. La neige autour du château de Blonay laissait effleurer quelques touffes d'herbe noire. De même, les dessous de ces danseuses ne parviennent pas à recouvrir toute leur intimité, des toisons sombres se devinent sous le linge. Ce sont les esthètes, les collectionneurs, qui sont les plus sensibles à ces révélations furtives, ces manifestations brutales de la vie. On les dit fin de siècle, fin de race, mais ils comprennent parfaitement qu'une nouvelle société est en train de germer, de jaillir. Sous la blancheur de la neige, des ailes, des plumes, des dessous, des draps, quelque chose de nouveau, et de vivace et de sombre, affleure. Il serait temps de prendre une leçon de guitare, mais Goncourt, qui attend dans mon antichambre, a une autre idée.

XXVIII
Portrait de Constance en hystérique

“Sais-tu ce qui, hier, m’a traversé l’esprit?” me demande Goncourt. “Ce ventre de femme, vu en gros plan, me rappelle les leçons de Charcot à la Salpêtrière. J’y étais allé, avec mon frère, lorsque nous écrivions *Germinie Lacerteux*. Nous voulions comprendre la femme, dans son génie et sa déchéance, les sacrifices sublimes et idiots jusqu’auxquels elle s’élève, l’abjection où elle peut descendre. Charcot l’expliquait fort bien. Il a repris la vieille hystérie des Grecs. Elle a toujours existé, je crois. Mais c’est la maladie de notre siècle. Notre Germinie était une hystérique. Les poissardes de la Commune en sont. Ta Constance en est une. Je ne suis pas éloigné de croire que toutes nos modernes Parisiennes sont des hystériques. Eh bien, Charcot explique tout cela par ce qu’il appelle *la chose génitale*. Jules et moi, nous avons bu ses paroles, nous avons pris beaucoup de notes. Les Grecs ont eu cette intuition géniale de voir dans l’utérus un organe rebelle. Pour eux, l’hystérie était une maladie de la femme, potentiellement mortelle, causée par les déplacements erratiques de l’utérus dans le corps. Hippocrate croyait que l’utérus se promenait dans le corps de la femme, changeait d’assiette, montait trop haut, mettant en péril la santé de la femme. Il prétendait le remettre à sa place, en faisant respirer aux femmes des parfums, en plaçant des herbes odorantes près de leur sexe pour que, appâté comme une souris par le fromage, comme l'oiseau par les graines, il redescende. Il proposait de le fixer, de l'immobiliser, ayant constaté que le mariage, les grossesses le remettaient à sa juste place, en bas. Et Platon lui-même avait comparé l'utérus à un animal ayant son propre désir, désireux d'engendrer ; une fois pubère, il est triste et frustré de rester stérile et inutile ; vide, il s'indigne, s'agite, parcourt le corps, se révolte, trépide, obstrue les entrées d'air, arrête la respiration, jette la femme dans la mélancolie. Un médecin de ce temps-là, Arétée de Cappadoce, le comparait même à *un animal dans l'animal* ! Charcot a la science pour lui. Il observe, examine, interroge, ausculte et dissèque les femmes. Il voit bien que l'utérus ne se promène pas à sa guise, mais enfin, il a constaté qu'il tressautait, qu'il frémissait, qu'il changeait de place, de forme, qu'il se contractait ou se dilatait. Il sait déclencher les crises d'hystérie et les calmer, et même les prévenir, en compressant les ovaires des femmes. Il a inventé un compresseur d'ovaires, il faudrait que tu voies cela. L'hystérie, c'est donc un utérus qui danse. Mais qui danse à sa guise, sans chorégraphie, sans maître de ballet, sans mesure. Ne trouves-tu pas amusant que Constance ait été une danseuse ? Toi-même, Maxime, tu as écrit que Paris était un corps, un corps de femme, capricieuse, imprévisible ; tu as senti que la Commune était une convulsion ; et tu as décrit *L'Origine du monde* comme *le portrait d'une femme émue et convulsée**. Je sais que tu connais la Salpêtrière ; mais tu devrais y retourner."

La nuit suivante, je rêve de ces animaux étranges, auxquels on croit mais que l'on n'a jamais vus, licornes, renards blancs et tarasques, et auxquels on donne la chasse. Ils laissent des traces, bondissent dans la neige, se blottissent dans les fourrés, se cachent dans les collines et les vallons de la cavité pelvienne, s'abreuvent à des sources indevinées. Je rêve également de grives, d'alouettes et de cailles, habillées de blanc comme des mariées, auxquelles on a coupé les ailes, et qui ne peuvent plus s'envoler.

Au petit matin, en nage, des images de scène et de salle me reviennent en mémoire. Je repense à ces femmes du meilleur monde qui, dans leurs loges, soumises à des émotions trop fortes, se roulent par terre, les yeux révulsés, et profèrent parfois des insanités, à qui il faut faire respirer des sels. À la Sylphide, à qui son amoureux veut couper les ailes. À Giselle, qui se donne en spectacle devant tout le village, qui meurt avant d'avoir connu l'amour et se venge des hommes en les entraînant dans une bacchanale épuisante. Goncourt a raison : toutes ces femmes sont des hystériques, et c'est Charcot et ses disciples qui sauront me parler de cette nature de la femme.

XXIX
Où notre narrateur et ses amis assistent à une leçon du professeur Charcot

Goncourt, Dumas et moi prenons donc place dans l'amphithéâtre où le professeur Charcot va donner sa leçon. Le public est déjà nombreux; j'y reconnais Jules Claretie, l'administrateur de la Comédie-Française, des acteurs, des journalistes, des critiques. Il se murmure que la semaine dernière, Sarah Bernhardt était là, cherchant l'inspiration pour son prochain rôle, où elle doit sombrer dans la folie. Mais nous avons de la chance: la patiente qui sera étudiée aujourd'hui, c'est Blanche Wittmann, la plus célèbre, la plus belle, et la plus douée. J'aperçois Bouillet, le peintre, qui fait des croquis. C'est le même public mondain qui se presse à l'Opéra-Comique, au Français, aux Variétés, à l'Odéon. Je m'assois à côté d'un homme qui crayonne, un grand carton à dessin à côté de lui. Il se présente:

"Paul Richer… Je travaille avec le Professeur Charcot… Il a recours aux services de photographes, il vous expliquera pourquoi… mais le dessin reste indispensable, pour classer, synthétiser, organiser, présenter en un tableau cohérent toutes les manifestations de l'hystérie ! Les photographies se succèdent dans un album, elles fixent les traits d'une malade en particulier. Les photographes documentent, je réfléchis ! Je généralise, j'efface les traits des malades, et je transpose le tout dans un grand tableau synoptique. Regardez, toutes les phases de l'attaque d'hystérie sont représentées. D'un seul coup d'œil, l'esprit embrasse le mouvement général de l'attaque, dans sa forme classique, décomposé sur la première ligne. En dessous, en colonnes, pour chaque phase, vous avez les variations possibles. Voilà : une paralysie peut être partielle, totale, concerner un côté, ou seulement la face… Voyez toutes les postures aberrantes que peut prendre un corps, un corps de femme ! On suit toutes les étapes : la phase épileptoïde, la première ; la phase clownique ; la phase passionnelle ; la phase de délire. Il faudrait ajouter quelques attitudes, comme la tétanie, la phase tonique… J'aime bien la manière dont j'ai rendu la phase clownique : voyez comme elle est impressionnante, la femme est tordue en un arc-de-cercle, pieds et tête sur le lit, et le pubis pointé vers le haut. Bien sûr, l'arc de cercle peut être inversé, le ventre est sur le lit, et la tête et les pieds se dressent… c'est moins spectaculaire. J'aimerais tout de même mettre un peu de beauté dans tout cela. J'ambitionne un poste à l'École des Beaux-Arts, pour enfin représenter des corps avec de belles proportions ! J'ai publié un ouvrage remarqué, sur les démoniaques dans l'art. J'y prouve, par une comparaison systématique des postures, que les sorcières, et les sorciers brûlés par l'Église, étaient tout bonnement atteints de maladie nerveuse ! Le professeur Charcot m'aidera sans doute à obtenir ce poste. Il a tellement de relations !"

Je suis frappé par son tableau synoptique. Gautier m'a montré, quelque temps avant sa mort, une grande feuille à laquelle il tenait beaucoup. C'était une sorte de partition, mais une partition de danse, qui se lisait à la fois horizontalement et verticalement. Arthur de Saint-Léon, le grand maître de ballet, avait inventé une écriture spéciale, qu'il avait appelée la *sténochorégraphie*, pour garder une trace de la cachucha de Fanny Elssler… Gautier suivait des yeux ces lignes, et revoyait en rêve celle qu'il avait tant regardée, tant aimée. Là, j'ai sous les yeux la *sténochorégraphie* de l'hystérie. Je me demande si Richer et son maître sont conscients que leurs patientes exécutent une partition.

“Mais cet arc-de-cercle, ajoute Dumas à voix basse. On dirait la *Femme mordue par un serpent*. Pauvre Apollonie Sabatier, paix à son âme. Enfin, ses filles spirituelles poursuivent ici son œuvre… Elles n'ont pas Clésinger, elles auront Richer, les malheureuses !”

Charcot entre ; il explique qu'il va plonger la patiente dans un état hypnotique, afin de provoquer artificiellement chez elle une attaque d'hystérie. Blanche Wittmann fait son entrée. On l'applaudirait presque, mais Charcot veille : nous ne sommes tout de même pas au théâtre. Un infirmier fait retentir un gong, Blanche tombe en catalepsie et la leçon commence. Mais la grande attaque d'hystérie est une variation difficile, que seules certaines étoiles de l'hystérie, Augustine ou Blanche Wittmann, savent exécuter à la perfection. La grande attaque exige des prouesses, elle comporte des passages attendus, elle a ses difficultés techniques connues des amateurs, ceux qui viennent ici chaque semaine. La grande attaque est un répertoire de gestes, de positions ayant toutes un nom, comme dans la danse. Comme au Foyer de l'Opéra, il y a une phase d'échauffement ; les muscles se chauffent, se contractent, les pieds se mettent en pointe, puis les positions s'enchaînent. Blanche maîtrise les expressions romantiques : l'extase, mains levées et paumes ouvertes ; la tendresse, les mains croisées sur le cœur ; la séduction, les bras en couronne au-dessus de la tête. Et puis, en l'espace d'un instant, elle enchaîne les poses non académiques : une moitié de son corps se paralyse, elle s'affaisse, son corps se tord, elle est secouée d'une crise d'épilepsie, son corps se recroqueville. En un éclair, elle passe du crucifiement, bras en croix et bouche close, yeux fermés, à des attitudes démoniaques, yeux révulsés, la bave aux lèvres, prête à déchirer sa chemise. Blanche est une artiste en son genre, elle sait que la technique n'est pas tout : elle pense au regard, au sourire, elle a travaillé ses expressions. Enfin, le gong la délivre ; elle s'apaise, on la ramène dans sa chambre. J'ai eu droit aujourd'hui, ainsi que les autres spectateurs, à une séance d'exception.

Charcot nous reconnaît, nous accorde quelques instants de son temps précieux, et nous fait visiter son département.

"Et voici, messieurs, l'un des départements dont je suis le plus fier : notre département photographique. Monsieur Albert Londe, que voici, secondé par monsieur Paul Regnard, que voilà, sont chargés de photographier toutes nos malades, à chaque fois qu'elles sont frappées par une crise d'hystérie. Vous comprenez que, ces attaques pouvant intervenir à n'importe quel moment, et étant parfois fort brèves, nos photographes doivent être ici à demeure, afin de se rendre disponibles. Les arts et les techniques doivent être utiles à la science ! Grâce à eux, nous avons constitué une véritable encyclopédie de la maladie nerveuse, qui passera à la postérité sous le titre d'*Iconographie de la Pitié-Salpêtrière*. Voici quelques-uns de leurs tirages : l'extase. Soyez attentif à ces yeux levés au ciel, ce sourire ineffable, ces mains paumes ouvertes. Ici, l'épilepsie, moment terrible. Différentes sortes de paralysie… et là, les convulsions. Il y a en a de bien des sortes. Le corps est atteint ! Mais c'est une maladie nerveuse, j'en suis convaincu, et j'en cherche le siège. Sans doute dans les nerfs, dans un circuit invisible qui parcourt le corps… Peut-être dans cette chose génitale… Quoique, des hommes en sont atteints aussi, certes plus rarement. Mais que voulez-vous, ici on n'observe que les femmes. Briquet, mon prédécesseur à la Charité, puis ici, incriminait le diaphragme… Je penche plutôt pour les ovaires. Nous avons inventé un compresseur – il claque des doigts, et un interne nous présente l'objet en question, une machine d'acier ; posé avant la crise, il la prévient… mais pas toujours, il arrive qu'il l'aggrave. Je cherche encore. Beaucoup de ces femmes ont connu un traumatisme dans leur enfance. Celle-ci a été effrayée par des chiens… Celle-ci a vu un pendu… Et celle-là a été poursuivie par des voleurs dans un bois. Nous connaissons mal les nerfs ; ils semblent jouer un rôle étrange, ils complotent contre nous, dans notre corps même. Avant, en 1866, lorsque je suis devenu chef du département des maladies nerveuses, je ne travaillais qu'avec mes internes ; mais depuis dix ans, je veux que le public connaisse l'hystérie, la maladie de notre siècle."

Sur ces photographies, je vois des corps, et des morceaux de corps. Des visages, des pieds tordus en pointe, des mains contractées. Tout ce que déteste Durand-Ruel. Des corps drapés comme dans des tableaux de Poussin, des attitudes sulpiciennes, de l'exhibition, un jeu outré. Ces filles copient des actrices, qui les copient. Est-ce bien ici que nous trouverons une explication à notre *Origine* ? Parfois, cependant, je vois une femme, et non une actrice. Une malheureuse au regard égaré, et qui semble attendre une absolution. Je parcours ces dizaines de pages de dessin, ces épais porte-folio où se succèdent des corps, et des morceaux de corps, des jambes, des visages, des pieds tordus, des mains contractées. J'y vois des femmes de tous âges, affectées de bien des maladies, des maigres, des grosses, des folles, au regard fixe, au regard aguicheur. Mais de *chose génitale*, point – n'est-ce pas, pourtant, ce que dit chercher Charcot ? Rien qui ressemble à un ventre, à un sexe – et je me mets à rêver de ces hommes de science qui ne voient pas les choses en face, qui cherchent l'hystérie et regardent ailleurs. Leurs collègues géographes cherchent les sources du Nil et du Congo, et les trouvent ; ils traversent l'Afrique de part en part et pénètrent dans Tombouctou ; leurs collègues astronomes cartographient le ciel, Arago crée un Bureau des longitudes et un Institut des mécaniques célestes, Camille Flammarion voit l'invisible, il dessine Mars et ses canaux, il décrit la vie sur d'autres planètes et dresse un catalogue des étoiles doubles. Mais aucun ne voit la source du plaisir, aucun ne s'aventure bien loin sur cette terre inconnue qu'est la femme ; ces corps sont cartographiés, leurs veines, comme des canaux invisibles, sont connus, et le mont de Vénus reste une montagne sacrée, inconnue, un lieu inobservé. Et je regrette que Gautier ne soit plus des nôtres. Gautier qui dans ses lettres à sa Présidente parlait si crûment de son bouton de rose – qu'il ne nommait pas ainsi. Et dans cet arc-de-cercle, cette attitude fétiche des hystériques, ce clou du spectacle que le public attend à chaque leçon, je ne peux m'empêcher de voir un signe que les malades envoient à Charcot, exhibant ce qu'il s'obstine à ne pas voir. Ces médecins regardent, et ils ne voient pas le bouton, qui est pourtant, ici, comme le nez au milieu de la figure. Ce bourgeon est vraiment absent de leur bouquet.

Les médecins pourraient l'appeler par son nom grec et savant – clitoris – et l'observer, mais non. Charcot ne croit même pas qu'il joue un rôle dans l'hystérie. Ni dans la reproduction, d'ailleurs. C'est pour lui une excroissance. Ses collègues d'Allemagne et de Grande-Bretagne préconisent son amputation. Pour eux, c'est une sorte de kyste que l'évolution a oublié de supprimer, qui a dû servir dans les races primitives, mais n'a plus aucune fonction aujourd'hui. C'est une survivance, une trace d'avant l'Histoire demeurée par accident dans le corps de la femme, un oubli de l'évolution. Isaac Backer Brown, un de ses collègues de la British Medical Society, lui a envoyé une belle lettre à ce sujet, me dit-il.

"Je l'ai communiquée à l'Académie de médecine. Mais ce sujet m'intéresse peu, il n'y a pas de quoi écrire un mémoire là-dessus, tout de même. Il y a de vraies maladies à soigner, des femmes à soulager. Mais venez ce soir, c'est carnaval, il y aura un bal, vos collègues journalistes en raffolent. Un divertissement que nous offrons à ces malheureuses, une fois par an."

Nous repartons avec nos invitations ; nous avons de la chance, le Bal des folles est un événement mondain, de plus en plus couru.

XXX
Où Du Camp, en quête de salpêtre, trouve de la mélinite, et parle sans le savoir à la future Jane Avril

Je suis bien allé dix fois au Bal des folles, ce bal qui se tient le jour de Mardi gras. Ce jour-là, on autorise les patientes de Charcot à se déguiser ; du moins, celles qui sont montrables. On les laisse se servir dans les réserves et elles en sortent habillées en marquises, en Pierrettes, en laitières, en Suissesses, en Espagnoles. D'autres préfèrent les costumes d'hommes, se montrent en zouaves, en pirates, en Pierrots, en Turcs. J'en ai vu une, déguisée en Triboulet, le fou de François Ier, rôle qu'elle tenait, ma foi, à la perfection. Savait-elle ce qu'elle incarnait ? Elle fut l'objet de toutes les attentions ce soir-là, qui fut le triomphe de sa vie ; tous les dessinateurs de la presse voulurent la croquer. Ces costumes ressemblent à ceux de l'Opéra, et je me demande même si l'illustre maison ne les prête pas, pour l'occasion. Dans la grande salle où Charcot donne ses leçons, converge tout ce que Paris compte de journalistes mondains, de directrices de sociétés charitables, d'écrivains en mal de sujets et de dames du meilleur monde en quête de sensations fortes, d'ambassadeurs, d'aristocrates, d'acteurs. Tous écoutent une malade jouer du piano, avec, d'ailleurs, un certain talent. Si, parfois, un interne joue du violon, Charcot a interdit les cuivres : ses malheureuses patientes n'en supportent pas le son, qui excite leurs nerfs. Là-bas, j'ai croisé des journalistes de *L'Univers illustré*, de *La Justice*, du *Constitutionnel*, du *Monde illustré*, du *Petit Parisien*. Tous oublient leurs querelles, ce soir-là. À côté de moi, un journaliste du *Petit Parisien* s'est un soir extasié de voir des folles aussi sages, aussi calmes, aussi douces, aussi bonnes filles que dans une fête de famille bourgeoise ; il prenait des notes, préparant un papier sur le pouvoir apaisant de la musique, la charité de l'administration hospitalière et les progrès de la science. Un autre s'efforçait de rendre le pittoresque de cette scène. Les filles de service et les malades dansent ensemble, car on évite de faire danser les folles avec des hommes ; une autre folle, coiffée d'un chapeau à plume en signe d'autorité, bat la mesure, rappelle chacune à l'ordre, veille au grain. D'autres font passer des rafraîchissements, des sirops, car on évite l'alcool, de petits gâteaux pâtissés dans les cuisines de l'hôpital. Les patientes les plus célèbres de Charcot, celles qui, au simple son d'un gong, tombent en catalepsie, dont le corps se déforme à la demande dans une grande attaque d'hystérie, les Clétienne, les Fafa, les Habillon, toutes ces malheureuses devenues des célébrités dans leur genre, sont ce soir-là de parfaites hôtesses, de parfaites maîtresses de maison. Elles font les honneurs de leur maison, dansent la valse, le galop et le quadrille. Toutefois, l'hystérie finit toujours par percer. Bien sûr, les aliénées sont muettes, taciturnes, et souvent paralytiques. Mais les hystériques, ces êtres expansifs, ces femmes plus que femmes, se donnent à voir, ce jour-là, dans toute la splendeur de leur être ; elles exagèrent leur rôle, elles gesticulent, se mettent en scène. J'y ai vu une vieille bossue, déguisée en Folie, manifestement nymphomane, faire des avances à tous les hommes présents. Au Mardi gras de l'année passée, alors que j'allais me retirer, une de ces malheureuses me tira par la manche et me dit : *"Marquis, votre fête était charmante ; je suis attendue aux Tuileries, veuillez dire qu'on fasse avancer ma voiture, mes gens sont dans l'antichambre."* Elle avait été fruitière rue de Harvey*. En retournant à ma voiture, je longeai des pavillons où l'on avait laissées, enfermées, celles qui, trop vieilles, trop laides, trop folles, n'auraient pu faire illusion, et auraient nui au spectacle.

Dans un coin, un interne prend des notes.

"La science progresse ! Il y a deux cents ans, on appelait les exorcistes pour ces danses. Savez-vous qu'il y avait, au Moyen Âge, des épidémies de danse ? La chose est attestée ! Salomé, qui croyez-vous qu'elle fut ? Une hystérique ! Et à Arras, en 1459, à Strasbourg, en 1518 ! Une femme se mettait à danser, puis entraînait les autres… elles oubliaient tout, le travail, les enfants, les lessives, la messe ! Tout un village, toute une ville dansait, à s'épuiser, à en mourir, sans pouvoir s'arrêter ! J'ai vu un ballet là-dessus, *Giselle*. On y voit une malheureuse se donner en spectacle devant tout un village, danser jusqu'à ce que son cœur lâche. Encore une hystérique ! On parlait parfois de tarentelle, on croyait qu'elles avaient été piquées par une tarentule, et qu'elles avaient la fièvre… Paracelse, le grand médecin, appelait cela la chorée lascive. Cela touche surtout les femmes, la danse est un plaisir féminin. Mais on incriminait alors le diable… Nous savons, nous, que tout vient du ventre ; et le ventre n'est pas le siège du diable, c'est un réseau d'organes. Notre professeur Charcot a fait une conférence là-dessus, lui parle de chorée rythmique.

"Regarde celle-ci !" Goncourt me désigne une gamine maigre, rousse, tout en angles, à l'œil vif, qui n'a dû voir le mois d'avril que treize ou quatorze fois. Sa danse est frénétique, la fille semble parcourue par un courant électrique. Son corps se plie, s'arc-boute, se désarticule. Elle est frénétique, mais élégante.

La minute d'avant, elle était proſtrée dans un coin. Là, elle saute, elle cabriole, elle improvise, elle danse quelque chose qui ne ressemble à rien, qui n'a pas de nom, s'inſpirant visiblement des geſticulations des autres malades, mais transformant toutes ces acrobaties disgracieuses en un frémissement bizarre et fascinant. Elle eſt vêtue d'une belle robe mauve de descente de la Courtille. Au milieu des élégantes, elle ne dépare pas. Elle eſt sauvage, elle eſt déchaînée, mais elle n'eſt ni hagarde, ni misérable. Elle a l'air heureux. C'eſt une petite ménade sortie d'on ne sait où, possédée par le dieu de la danse ; une idole païenne qui aurait sa place dans le Paris des becs de gaz et de l'électricité. Elle nous a vus, mais elle danse pour elle, et ses cheveux roux font comme un nimbe autour de son visage tout en pommettes, qui ne sourit pas.

J'appelle un interne et je demande qui eſt cette enfant, perdue au milieu de femmes plus âgées. Il nous dit qu'elle se nomme Jeanne-Louise Beaudon, qu'elle a quatorze ans, a été placée là pour des ſpasmes ; elle a la danse de saint Guy et souffre d'une maladie nerveuse ; mais son entourage a surtout voulu lui éviter de vivre avec sa mère, une femme violente, bien plus folle qu'elle, et qui lui colle de véritables danses. Or la mère a semble-t-il des protections, on ne peut l'enfermer ; alors on enferme la fille. La gamine n'eſt pas malheureuse d'être ici ; elle dit qu'elle a trouvé ici sa vocation, qu'elle sera danseuse et mettra le feu à Paris, qu'elle sera la reine des bals, des baſtringues, des cabarets. Nous sommes à la Salpêtrière, et cette salle eſt exactement au-dessus de l'endroit où l'on ſtockait, du temps de nos rois, le salpêtre. Poudre que les alchimiſtes disaient être une tranſpiration des pierres, poudre à canon embarquée sur les navires de guerre. Mais cette gamine, ce n'eſt pas du salpêtre, c'eſt de la mélinite. Explosive, irritante, toxique par inhalation, contact et ingeſtion. Si elle s'échappe, un jour, elle fera exploser Paris. Goncourt et moi allons lui parler.

“Vous voyez toutes celles-ci ? Elles font semblant. Vous avez assisté aux leçons du maître ? Leurs crises sont chorégraphiées à l’avance. Elles me demandent de les aider à simuler des crises. Les médecins ne s’en rendent pas compte. Tout le monde est content : elles ont leur public, elles sont célèbres, et les médecins ont des patientes montrables, et des compagnes pour la nuit, car dans les dortoirs, le soir, croyez-moi, il s’en passe de belles. Celles-ci sont montrables, mais celles-là, en revanche…” Elle me montre d’autres femmes derrière une vitre. “Les vraies épileptiques, les vraies idiotes, ils les cachent. La Place Maubert, la Perdrix, la Durand, elles ne font pas semblant. Ma voisine de chambre est persuadée d’être la reine de France. On ne voit pas ses bijoux car ils sont cachés sous son matelas. Enfin, c’est ce qu’elle dit. Si vous êtes avides de sensations fortes, allez au bal des enfants épileptiques.”

Le bal des enfants épileptiques ? Il aura lieu dans quelques jours ; il est moins mondain. Mais ni Goncourt ni moi n’avons plus envie de ces divertissements tristes ; et la quête de la vérité sur *L’Origine* m’absorbe trop, désormais. En rentrant chez moi, je trouve un billet de Pauline Dameron, cette amie de Constance qui, doit, elle, savoir comment et pourquoi Constance a posé. Je cherche l’origine et j’approche de la fin.

XXXI
Où Du Camp est envoyé sur les roses et les pivoines

Je rencontre enfin Pauline Dameron, l'amie de Constance Quéniaux, sa confidente, celle qui sait tout de sa vie, l'inséparable, celle que j'aurais dû questionner tout de suite.

"Vous nous cherchez dans tout Paris... Et vous voulez tout savoir sur Constance, et sur ce tableau que si peu de gens, finalement, ont vu... Ce tableau aujourd'hui disparu, vendu par La Narde à un inconnu. Nos amies nous l'ont dit ! Rigolboche, Céleste Mogador, Eugénie Fiocre... Gautier même, par la voie spirite, depuis le monde des morts où il nous observe désormais, nous a prévenues... Et aussi Albéric Second, qui n'aime rien tant qu'écouter aux portes et rapporter des anecdotes... Vous êtes en chasse."

J'acquiesce, que puis-je faire d'autre ?

"Courbet a représenté beaucoup de chasses, lui aussi... Cet *Hallali au cerf*. Vous êtes un chasseur, monsieur Du Camp. Mais Constance n'est pas un gibier aux abois.

Elle ne se cache ni ne se montre. Vous avez dû entendre bien des histoires. Nous en avons inventé certaines, avec nos amies. D'autres sont vraies, un peu. Nous nous sommes bien amusées... Voyez-vous, nous n'avons plus les mêmes divertissements qu'autrefois. Tant d'années ont passé... L'Empire n'est plus, qui fit et défit nos fortunes ; notre Opéra a brûlé ; sur scène se succèdent maintenant des filles qui pourraient être les nôtres ; nous sommes devenues presque sages.

Avez-vous vu les *Fleurs dans un vase ?* C'est le meilleur portrait qu'on ait jamais fait de Constance. Courbet lui offrit ce bouquet somptueux et vénéneux après qu'elle eut posé pour *L'Origine*. Si vous voulez savoir qui fut Constance, ne vous fiez pas aux photographies de Disdéri, de Nadar, ni même au joli pastel de Saintin. Non : c'est ce bouquet qu'il faut regarder. *Fleurs dans un vase*. Titre banal et descriptif, œuvre dérangeante. Tulipes, iris, œillets, et d'énormes pivoines rouges, éclatées, éclatantes, alanguies, dont la couleur violente et la forme menaçante happent celui qui regarde, et quelques camélias – les fleurs de la dame dont elle ne suivit pas la route. Cet iris, fermé et mystérieux, comme intact au milieu d'un jardin public. Ces fleurs, rouges, très épanouies, ouvertes, offertes, c'est elle. Cette fleur rouge qui se penche en dehors du vase comme si elle voulait en sortir. Ces fleurs qui sortent du cadre, qui semblent dire : c'est trop petit ici. Ces feuilles un peu fanées, mais qui persistent. Et pourtant leur parfum s'est perdu, il reste un secret qu'elle seule et son amant ont partagé. C'est un portrait incomplet qui complète cette *Origine du monde*. Si vous sentez ces pivoines disparues, vous pénétrerez dans *L'Origine du monde*, vous retrouverez le parfum des fleurs perdues et la saveur d'une vie. Vous comprendrez ces deux décennies où Constance apprit la danse, se produisit sur scène, devint la maîtresse de Khalil-Bey, le modèle et l'aimée de Courbet, et fit sa vie, dans ce Paris au cœur battant, raffiné et misérable, aristocratique et populaire, impérial et canaille.

Mais j'y pense : ce soir, elle va à l'Opéra. Elle y va de moins en moins, profitez de cette occasion. Vous pourrez l'apercevoir, loge numéro 15."

XXXII
Une soirée à l'Opéra

Je rentre et m'assoupis, je rêve à *L'Origine du monde*. Éveillé, je baisserais les yeux, mais en rêve tout est possible. Je suis stupéfait, médusé par ce sexe de femme, en gros plan, vu de face, en légère contre-plongée. Les deux cuisses sont largement écartées, laissant deviner des fesses rondes. Sous un mont de Vénus recouvert d'une toison noire, sauvage et abondante, s'entrouvrent des lèvres roses, laissant voir une fente humide, moite, en forme d'amande. La chair est pleine, ferme, jeune, la peau mate, soyeuse et chaude. Le ventre est plat, les hanches larges, la taille fine. Sous la chemise relevée, on voit le sein droit, son téton dressé. Le nombril fait comme une fossette. Si la toison est noire et les lèvres roses, on ne saurait dire de quelle couleur est la chair. Elle est tellement vraie qu'elle n'a d'autre couleur que celle de la femme, du désir. Le drap, la chemise sont blancs, froissés, propres, ni trop doux ni trop rêches, et sentent l'amour. Pour les peindre, Courbet a utilisé beaucoup de gris. On devine le sang qui bat sous cette peau et la fait palpiter, l'odeur de ce sexe. Il y a là un repos, une douceur d'être là, à se sentir respirer et vivre, de sentir le contact des draps, d'écouter les bruits de la rue parisienne qui arrivent par la fenêtre ouverte. Il y a là une célébration de la vie, vie du dedans, vie du dehors, organique, génitale, puissante. J'imagine qu'une main d'homme a relevé cette chemise, a caressé ce sein. Elle s'abandonne au désir, au plaisir, et oublie toute pudeur. Elle désire être submergée par cette vague, sentir ces vagues amoureuses aller toujours buter contre ses golfes intérieurs. Son intimité est une crique envahie par une marée montante, qui va tout emporter. Elle le pressent et n'est plus que cette attente. Elle a fermé les yeux, et son amant regarde son visage, que nous, nous ne voyons pas. Gustave Courbet aurait pu peindre une femme nue, allongée sur un grand lit blanc, la soie blanche du corps mise en valeur par le velours rouge des coussins et des courtines. Il aurait pu procéder par métaphore, et peindre un coquillage nacré, précieux, fendu, aux lèvres ourlées de rose, dont on devine l'odeur de mer, le murmure discret quand on l'approche de son oreille, semblable aux murmures des amants. Ou un bouton de rose en train d'éclore ; ou une petite chatte noire, comme celle qui se hérisse sur le ventre d'Olympia. Il aurait pu peindre une Aphrodite sortant de l'écume, une Vénus dans sa coquille, se déhanchant pour suggérer la plénitude de ses formes tout en cachant pudiquement son sexe d'une main, et attirant, par là même, l'attention du spectateur sur cette main et ce qu'elle recouvre. Il aurait pu peindre tout un corps, avec deux cuisses serrées, un sexe inaccessible mais un visage pâmé, une bouche entrouverte rappelant une autre ouverture. Facilités que tout cela. Histoires et mythes que tout cela. Courbet ne s'appuie sur aucun récit. Il n'a besoin ni de textes, ni de prétexte. Cette femme n'est ni Vénus, ni Aphrodite, ni Léda, ni Danaé, elle n'a même pas de nom, même pas de visage et elle seule connaît son histoire. Pudique, elle ne nous la raconte pas, et se contente de livrer une partie de son corps au peintre, qui nous la livre à nous, choqués, perplexes et désemparés, telle qu'elle est et sans figure de style. Elle sait que c'est raconter sa vie, ses malheurs, qui est impudique, elle sait que ce sont les fioritures dont on enrobe les faits qui sont déplacées. Elle n'a pas de visage, mais elle a une personnalité et est assurément une personne. Je mesure ce qu'il a fallu d'audace pour peindre ce tableau, et ce qu'il a fallu de confiance à cette femme, en elle-même et en l'autre, pour poser. Cette femme est là, et elle est la présence même. Elle est vivante, elle peut donner la vie, et permet aux hommes de se sentir vivants. Pleinement vivants, et vraiment vivants. D'habitude, ils vivent, mais ne sentent pas la vie en eux. Mais quand ils s'élancent dans la mer depuis un rocher, lorsqu'ils sont courageux, lorsqu'ils accomplissent des exploits, ou lorsqu'ils s'approchent de leur amante et plongent en elle, ils sentent la vie dans son intensité et son jaillissement. Son amant va s'allonger près d'elle, parcourir son visage que l'on ne voit pas, son corps que l'on voit un peu. Courbet saisit l'imminence du moment où cette femme va accueillir cet homme. Le temps se transforme en moment, l'attente même devient plaisir.

Je me réveille, je me prépare pour cette soirée à l'Opéra ; ce que l'on donne ce soir m'est égal, j'ai demandé à un ami de me procurer une place faisant face à la loge numéro 15. J'aperçois une dame vêtue de noir, élégante, est-ce elle ? Peut-être ; je suis loin, et dans ma précipitation, j'ai oublié mes jumelles. Un rang derrière elle, dans la pénombre, j'aperçois un homme qui ressemble à Gautier, mort depuis dix-sept ans. Est-ce lui ? Je repense à cette photographie de Gautier, que j'avais demandé à Isidore Buguet de truquer, et où apparaissait un fantôme. Ces deux formes floues, indistinctes, donnent corps à mes rêves, mes regrets, à tout ce que je n'ai pas su voir quand il était encore temps. Gautier s'est peut-être vengé de moi.

Je croise le regard de la femme et elle me sourit. Je voudrais aller lui parler, écouter son histoire à elle car j'en ai la certitude désormais, c'est elle qui a posé ; je ne vois que son visage, assez flou, mais *je la reconnais*. Je sais maintenant qu'elle ne me dira rien. La musique cesse et les spectateurs se dispersent, je la laisse s'en aller, à jamais impénétrable.

Postface

On doit à l'historien de l'art Thierry Savatier d'avoir retracé avec érudition et minutie l'histoire mystérieuse et complexe de *L'Origine du monde* (*L'Origine du monde. Histoire d'un tableau de Gustave Courbet*, Paris, Bartillat, 2006; cinquième revue augmentée, 2019).

L'histoire commence à Paris, en 1866. Selon Jules Troubat (1836-1914), secrétaire de Sainte-Beuve, Khalil-Bey, ambassadeur de l'Empire ottoman en poste à Paris, aurait tellement apprécié la toile *Vénus et Psyché* de Gustave Courbet, aperçue dans l'atelier de celui-ci – une toile aux connotations homosexuelles – qu'il en aurait demandé une copie au peintre. Gustave Courbet lui aurait plutôt promis "la suite". Cette suite, que l'on connaît sous les titres *Le Sommeil*, *Les Dormeuses* ou *Paresse et Luxure*, montre deux femmes assoupies, enlacées dans un lit; mais il semble que Courbet ait ajouté une seconde toile à cette commande. Cette toile, c'est justement *L'Origine du monde*.

On ignore tout des conditions dans lesquelles fut réalisée la toile. Une femme posa-t-elle ou Courbet s'inspira-t-il de photographies pornographiques? La toile répondait-elle à une commande de Khalil-Bey ou Courbet lui en fit-il cadeau? S'agissait-il d'une œuvre à part entière ou d'une étude?

L'identité du modèle de *L'Origine du monde* a fait l'objet d'une immense curiosité. Certains ont voulu y voir Jeanne de Tourbey, maîtresse de Courbet et de Khalil-Bey (et de beaucoup d'autres et, par la suite, grande prêtresse de l'Action française); ou la rousse Jo Hiffernan; ou encore des modèles anonymes; d'autres enfin ont estimé que Courbet n'avait pas fait poser une femme mais avait copié des tirages pornographiques du photographe Belloc.

Khalil-Bey, collectionneur richissime et avisé, accrocha la toile licencieuse dans sa salle de bains, recouverte d'un rideau vert. L'œuvre était donc cachée au grand public, mais son propriétaire la montrait volontiers à ses hôtes: Ernest Feydeau, un auteur à la mode, et Ludovic Halévy l'auraient vue (ce dernier aurait raconté sa visite à Gambetta en 1882, et aurait rapporté l'attitude satisfaite de Courbet, qui aurait comparé ses carnations à celles de Titien, Véronèse et Raphaël). Théophile Gautier l'aurait certainement contemplée. Et Maxime Du Camp la décrit (de manière assez imprécise), dans ses *Convulsions de Paris* de 1881, laissant entendre que Khalil-Bey lui-même la lui aurait dévoilée.

Le tableau ne trouve son magnifique titre qu'entre 1867 et 1882, sans que l'on puisse savoir qui l'a baptisé ainsi. Khalil-Bey ne semble pas lui avoir donné de nom. Thierry Savatier, qui a dépouillé toutes les archives de Courbet, avance que celui-ci lui avait donné un titre argotique et imagé: *Le Vase*.

Ruiné par le jeu, par ses dépenses et ses collections, et appelé à d'autres fonctions, Khalil-Bey vend ses collections avant de retourner dans sa patrie. Elles sont exposées au public en décembre 1867 et les œuvres sont dispersées en janvier 1868.

Le diplomate charge Théophile Gautier de rédiger l'introduction du catalogue. *L'Origine* ne figure évidemment pas dans le catalogue et n'est pas exposée au public, mais les frères Goncourt peuvent néanmoins, le 31 décembre 1867, voir *Le Sommeil*, dont ils font une critique sévère, n'y voyant que "des corps terreux, breneux, sales". Gautier, pourtant très critique à l'encontre de Courbet, qu'il qualifiait quelques années plus tôt de "Watteau du laid", et de ses *Baigneuses*, qu'il comparait à la "Vénus hottentote" et dont il raillait la "croupe monstrueuse", rédige un texte élogieux et sensible. Écrit-il sur commande ? Ou apprécie-t-il réellement les toiles qu'il présente ? Khalil-Bey est-il pour lui un ami auquel il veut rendre service ?

On perd la trace du tableau pendant plus de vingt ans ; l'hypothèse la plus probable serait, selon Thierry Savatier, que Khalil-Bey, attaché à ce tableau, l'ait rapporté à Istamboul dans ses bagages. Le diplomate revient toutefois à Paris en 1877. En 1889, Edmond de Goncourt voit le tableau chez l'antiquaire La Narde, établi dans le quartier Saint-Georges ; il est recouvert par un autre tableau ayant exactement les mêmes dimensions, représentant un paysage enneigé, peint par Courbet, lors de son exil en Suisse, ou un de ses disciples ; *L'Origine* ne se dévoile qu'avec une clé actionnant un mécanisme. À cette occasion, Edmond de Goncourt fait "amende honorable" et reconnaît que Courbet a l'art de rendre la chair et que son *Origine* est "digne d'un Corrège". Comme Gautier vingt ans auparavant, Goncourt semble avoir révisé son jugement initial.

En 1912, *L'Origine du monde* est achetée par la galerie Bernheim-Jeune à une madame Vial, dont l'identité demeure assez énigmatique, sous le titre *Le Château de Blonay*. Berheim-Jeune vend l'œuvre à un Hongrois, le baron Herzog, qui démonte l'œuvre, garde pour lui *Le château de Blonay* et vend *L'Origine du monde* au baron Ferenc Hatvany. Ce dernier la conserve dans son appartement à Budapest, l'accroche dans sa salle de bains et l'évoque dans un essai qu'il consacre à la peinture du XIXe siècle ; sous sa plume, elle devient *La création du monde*.

En 1942, inquiet de la promulgation des "lois juives" par le gouvernement hongrois, le baron Hatvany, lui-même juif, met ses œuvres (dont *L'Origine du monde*, qui apparaît sous le titre crypté *La Tête* dans la liste rédigée par son propriétaire) à l'abri dans une banque de Pest. L'œuvre échappe au pillage nazi mais pas au pillage soviétique : l'Armée rouge vole d'innombrables œuvres d'art contenues dans les coffres de Budapest et les envoie en URSS. Hatvany, sans doute sauvé de la déportation par le Suédois Raoul Wallenberg, parvient à se faire restituer quelques œuvres, dont *L'Origine du monde*. Il quitte clandestinement la Hongrie et s'installe en France. En 1954, il vend cette toile (à laquelle il semble avoir été très attaché) au psychanalyste Jacques Lacan, qui l'acquiert sur les conseils de son épouse Sylvia Bataille ou de Georges Bataille, et l'accroche, recouverte d'un "paysage vaginal", la *Terre érotique* d'André Masson, dans "l'Atelier" de sa maison de campagne à Guitrancourt. Il la montre à Picasso et d'autres visiteurs triés sur le volet. À sa mort, en 1981, sa veuve Sylvia hérite de *L'Origine du monde* ; elle la lègue elle-même à l'État, à sa mort en 1994. *L'Origine du monde* entre dans les collections publiques françaises en juin 1995 et est exposée au musée d'Orsay le 26 juin 1995. Depuis cette date, on peut l'y admirer.

En 2018, l'universitaire Claude Schopp affirme avoir identifié le modèle de *L'Origine du monde*, par hasard, en établissant une édition critique de la correspondance entre George Sand et Alexandre Dumas fils, tous les deux farouchement hostiles à la Commune (Claude Schopp, *L'Origine du monde, Vie du modèle*, Paris, Phébus, 2018). Dumas fils accuse Courbet d'avoir renversé la colonne Vendôme, d'être un meneur, un émeutier ; mais il lui reproche surtout d'avoir "peint de son pinceau le plus délicat l'intérieur de Mlle Quéniault de l'Opéra pour le Turc qui s'y hébergeait de tems en temps" (sic). Constance Quéniaux avait effectivement été ballerine à l'Opéra de Paris, avant de devenir la maîtresse de Khalil-Bey.

George Sand, Maxime Du Camp, les frères Goncourt, Flaubert, tous haïssent Courbet et la Commune. Mais les insultes de Dumas fils ont quelque chose de particulier : lui, l'auteur de *La Dame aux camélias*, sexualise la condamnation du peintre communard, ami de Proudhon, démocrate, républicain, ami du peuple ; il le qualifie de "résultat de l'accouplement fabuleux d'une limace et d'un paon", de "suintement sébacé", de "courge sonore et poilue" et de "ventre esthétique" ! Il voit dans la République "la fausse couche perpétuelle de la France". Inversement, il politise la question sexuelle et esthétique. Pour lui, les courtisanes ont émasculé la France ou l'ont rendue impuissante ; les femmes comme-il-faut, les princesses dont on n'attend que la fécondité, sont "stériles" et "le légitimisme est mort dans leur utérus inutile". Les Communardes sont des pétroleuses, des criminelles et des prostituées ; quant à Courbet, il lui reproche finalement davantage d'avoir peint *L'Origine* que d'avoir participé à la Commune : cette peinture blasphématoire et sacrilège annonce, pour lui, la mort d'une société, celle dans laquelle il évoluait.

Tout ou presque avait déjà été dit sur *L'Origine du monde* : sa nouveauté radicale, la manière dont il congédiait le nu féminin – une part non négligeable de la peinture occidentale, donc –, ses résonances psychanalytiques, culturelles. L'essai de Claude Schopp et la correspondance de Dumas fils révélaient un autre aspect de ce portrait : sa dimension politique, son lien avec la Commune – il fut certes peint cinq ans avant, mais ses adversaires ne manquèrent pas de voir en lui un signe avant-coureur des grandes destructions de l'année 1871.

L'essai de Claude Schopp éveilla en moi un autre questionnement. Comment une même femme avait-elle pu poser pour ce tableau réaliste, terrestre et terrien, incarné, montrant un sexe en gros plan, un corps privé de tête et de jambes, et danser à l'Opéra, tenir le rôle de sylphides, de femmes désincarnées, aériennes, dans des ballets blancs romantiques, où le public était attentif au port de tête et au travail des pointes ? Son corps, qui avait subi toutes les oppressions et les contraintes du siècle – la pauvreté, la danse classique, la prostitution – était néanmoins un corps libre et, dans ce portrait universel mais anonyme, je décelai la promesse d'une personnalité.

Cécile Cerf, le 18 juillet 2022

Bibliographie

ANONYME, *Études quasi morales sur les bals champêtres parisiens*, [s.l.], [s.d.].

ANONYME, *Fureurs utérines de Marie-Antoinette, Au manège et dans tous les bordels de Paris*, 1791.

ANONYME, *Histoire chronologique, philosophique et morale du cancan*, [S.l.], [s.d.], [s.n.].

ANONYME, *Physiologie de l'Opéra, du carnaval, du cancan et de la cachucha, par un vilain masque*, Paris, Raymond-Bocquet, 1842.

AUBENAS Sylvie et COMAR Philippe, *Obscénités. Photographies interdites d'Auguste Belloc*, Paris, Albin Michel, 2001.

AUBENAS Sylvie, *L'art du nu au XIXe siècle : le photographe et son modèle*, Paris, Hazan, 1997.

AVRIL Jane, *Mes mémoires, feuilleton du journal Paris-Midi*, 1933.

BAJOU Valérie, *Courbet*, Paris, A. Biro, 2007.

BARADUC Hippolyte, *L'âme humaine, ses mouvements, ses lumières et l'iconographie de l'invisible fluide*, Paris, G. Carré, 1896.

BARADUC Hippolyte, *Mes morts : leurs manifestations, leurs influences, leurs télépathies*, Paris, P. Leymarie, 1908.

BARADUC Hippolyte, *Le prolapsus ovarien chez une hystérique, compression ovarienne intravaginale produisant un transfert*, Paris, A. Davy, 1882.

BARBER Alain et MORENI Alain, *Origines et histoire de l'hypnose, Kinésithérapie*, volume 15, juin 2015, p. 14-19.

BOURDIN Gustave, V*oyage autour de la Pomaré, reine de Mabille, princesse du Ranelagh, grande-duchesse de la Chaumière, par la grâce de la polka, du cancan et autres cachuchas*, Paris, H. Havard, 1844.

BOURNONVILLE Désiré-Magloire et REGNARD Paul, *Iconographie photographique de la Salpêtrière*, 3 volumes, Paris, Bureau du Progrès médical Delahaye et Lecrosnier, 1876-1880.

BOIGNE Charles de, *Les Petits Mémoires de l'Opéra*, Paris, La Librairie Nouvelle, 1857.

BRIQUET Paul, *Traité clinique et thérapeutique de l'hystérie*, Paris, J.-B. Baillière et fils, 1859.

BRUNET François, *Théophile Gautier et la danse*, Paris, H. Champion, 2010.

CHARCOT Jean-Martin et RICHER Paul, *Les démoniaques dans l'art*, Paris, A. Delahaye et E. Lecrosnier, 1887.

CHRISTOUT Marie-Françoise, "Aspects de la féerie romantique de la Sylphide (1832)", *Romantisme*, volume 12, n° 38, 1982, p. 77-86.

COUTELET Nathalie, "Les Folies Bergères, une pornographie 'select'", *Romantisme*, n° 163, 2014.

CLAIR Jean, "Méduse et l'art moderne, Visages de l'épouvante", *Topique, Revue freudienne*, n° 53, 1994.

CLAIR Jean, *Freud, du regard à l'écoute*, Paris, Gallimard-Mahj, 2018.

CALINON D., "L'iconographie photographique de la Salpêtrière", *Revue médicale de la Suisse romande*, 116 (11), p. 927-929.

COHEN Claudine, *La femme des origines*, Paris, Belin-Herscher, 2003.

COHEN Claudine et HUBLIN Jean-Jacques, *Boucher de Perthes, Les origines romantiques de la Préhistoire*, Paris, Belin, "Alpha", 2017.

COLSON Marie-Hélène, "L'orgasme des femmes, mythes, défis et controverses", Marseille, *Sexologies*, n° 19, 2010.

COURBET Gustave, *Gustave Courbet*, Lyon, Fage éditions, "paroles d'artistes", 2014.

DELOUCHE Dominique, *Corps glorieux*, Tournai, La Renaissance du livre, "Paroles d'aube", 2003.

DES CARS Laurence, *Gustave Courbet*, Paris, RMN, 2007.

DEVEREUX Georges, *Baubô, la vulve mythique*, Paris, Payot, "Petite bibliothèque", 2011.

DIDI-HUBERMAN Georges, *Invention de l'hystérie : Charcot et l'iconographie photographique de la Salpêtrière*, Paris, Macula, 1982.

DU CAMP Maxime, *Les convulsions de Paris*, Paris, Hachette, 1880.

DU CAMP Maxime, *Paris, ses organes, ses fonctions et sa vie*, Paris, Hachette, 1875.

DU CAMP Maxime, *Le salon de 1857*, Paris, Librairie Nouvelle, 1857.

DU CAMP Maxime, *Le salon de 1861*, Paris, Librairie Nouvelle, 1861.

DUMAS Alexandre (père), *Les Mohicans de Paris*, Paris, Gallimard, "Quarto", 1998.

GASNAUD François, *Guinguettes et lorettes. Bals publics et danse sociale à Paris entre 1830 et 1870*, Paris, Aubier, 1986.

GAUTIER Théophile, *Lettres à la Présidente* [suivi de] *Poésies érotiques*, édition de Thierry Savatier, Paris, H. Champion, 2002.

GAUTIER Théophile, *Œuvres complètes*, section VI tome 4, *Critique d'art*, texte établi, présenté et annoté par P. Berthier, Paris, H. Champion, 2012.

GAUTIER Théophile, *Œuvres complètes*, section III tome 1, *Théâtre et ballets*, texte établi, présenté et annoté par Cl. Lacoste-Veysseyre, H. Laplace-Claverie et S. Mombert, Paris, H. Champion, 2003.

GAUTIER Théophile et VERNOY DE SAINT-GEORGES Jules-Henri, *Giselle*, L'Avant-scène, janvier-mars 1980.

GEORGEL Pierre, *Courbet, le poème de la nature*, Paris, Gallimard, "Découvertes", 1995.

GONCOURT de, Edmond et Jules, *Journal. Mémoires de la vie littéraire*, texte intégral établi et annoté par R. Ricatte, Paris, R. Laffont, 1989.

GORDON Rae Beth, "Le caf'conc et l'hystérie", *Romantisme*, n° 64, 1989, p. 53-67.

GUEST Ivor, *Le ballet de l'Opéra de Paris, trois siècles d'histoire et de tradition*, Paris, Flammarion, 2001.

GUEST Ivor, *Fanny Elssler*, Londres, A. & C. Black, 1970.

GUEST Ivor, *The ballet of the Second Empire, 1858-1870*, Londres, A. & C. Black, 1953.

HADJADJ Fabrice, *L'Agneau mystique. Le retable de Gand dévoilé*, Paris, De l'oeuvre éd., 2008.

LEVINSON Andrej, *Le cancan. Notes sur la physiologie et la chorégraphie du chahut*, [S.l], [s.n.], 1930.

MAUS DE ROLLEY Thibaut, “La part du diable: Jean Wier et la fabrique de l’illusion diabolique”, *Tracés*, n° 5, 2005, p. 29-46.

MARION Jean-Luc, SAVATIER Thierry, MOTTIN Bruno, COGEVAL Guy, *Cette obscure origine du désir. Autour de* L’Origine du monde. Catalogue de l’exposition du musée d’Ornans, Montreuil, LienArt, 2014.

MARUTA Nadège, *L’incroyable histoire du cancan. Rebelles et insolentes, les Parisiennes mènent la danse*, Paris, Parigramme, 2014.

MERICOURT de Théroigne (auteur), PIGEAUD Jackie (éditeur), *La lettre-mélancolie, transcription de Jean-Pierre Ghersenzon*, coédition Verdier/L’éther vague, “Collection jaune”, 2005.

MERLO Barbara, “De l’esthétisation de l’hystérie à sa mise en scène contemporaine: persistance du corps spectaculaire”, *Ad Hoc*, n° 1, *Le spectaculaire*, 2012.

NOURRIT Adolphe et TAGLIONI Filippo, *La Sylphide*, 1832.

NUITTER Charles et SAINT-LÉON Arthur, *La Source*, 1866.

PACQUEMENT Alfred, *Anish Kapoor Versailles*, Paris, Éditions de la réunion des musées nationaux, 2015.

PAULUS Jean-Paul Habans dit, *Trente ans de café-concert, souvenirs*, Paris, Société d’Édition et de publications, 1908.

REDON Odilon, *Les Origines*, Paris, 1883.

RICHER Paul, *Étude clinique sur l’hystéro-épilepsie ou grande hystérie*, préface de Charcot, Paris, A. Delahaye et E. Lecrosnier, 1881.

RICHER Paul, *Étude descriptive de la grande attaque hystérique ou hystéro-épileptique*, Paris, A. Delahaye, 1879.

SAVATIER Thierry, *L'Origine du monde, Histoire d'un tableau de Gustave Courbet*, Paris, Barillat, 2019.

SCHLESSER Thomas, *Courbet, un peintre à contre-temps*, Paris, Scala, 2007.

SCHOPP Claude, *L'Origine du monde, Vie du modèle*, Paris, Phébus, 2018.

SIMON Nadine, ill. DEKEISTER Marc, préface FRANCHI Jean, *La Pitié-Salpêtrière*, Saint-Benoît-la forêt, L'arbre à livres, 1986.

TAGLIONI Marie et VERNOY DE SAINT-GEORGES Jules Henri, *Le Papillon*, 1862.

VERNE Jules, *Voyage au centre de la Terre*, Paris, Hetzel, 1864.

VESSIER Maximilien, *La Pitié-Salpêtrière, quatre cents ans d'Histoire et d'histoires*, Paris, Assistance publique – Hôpitaux de Paris, 1999.

VITACCA Sara, "La métamorphose de la bacchante dans l'art de la seconde moitié du XIXe siècle. Du mythe antique à la 'ménade parisienne'", *L'atelier du XIXe siècle*.

WARNER Marina, *Phantasmagoria, Spirit Visions, Metaphors, and Media into the Twenty-first century*, Oxford University Press, 2007.

Table

Deuxième partie

Où le lecteur assiste à la naissance d'un nouveau monde

Éditions Atlande
F - 92200 Neuilly
www.atlande.eu

Achevé d'imprimer sur les presses d'Evoluprint
à Bruguières (Haute-Garonne) en août 2022.
Numéro d'impression : 35095

Dépôt légal septembre 2022